L'INCONNUE DU 17 MARS

DIDIER VAN CAUWELAERT

L'INCONNUE DU 17 MARS

roman

ALBIN MICHEL

IL A ÉTÉ TIRÉ DE CET OUVRAGE

Quinze exemplaires
sur vélin bouffant des papeteries Salzer
dont cinq exemplaires numérotés de 1 *à* 5
et dix exemplaires, hors commerce, numérotés de I *à* X

La plus belle aventure de ma vie a commencé mardi 17 mars 2020, une demi-heure avant que le confinement de la France entre en vigueur.

J'attendais sur ma grille d'aération, au coin de l'École militaire, que les rues se vident et qu'on vienne me chercher. Confiner un sans-abri, ça m'intriguait de savoir comment ils allaient s'y prendre. Des rumeurs contradictoires circulaient dans le quartier : ils effectueraient des ramassages comme au plus froid de l'hiver, ils nous parqueraient dans des gymnases, nous réquisitionneraient des hôtels, nous entreposeraient dans les réserves de commerces fermés ou sur un nouveau type de sites adaptés à l'urgence sanitaire. Ils avaient inventé pour nous cette expression baroque que le bouche-à-oreille répandait depuis la veille : un *centre de desserrement.*

Pour des SDF qui, par définition, ont toute la place de s'étaler sur la voie publique, surtout dans cet arrondissement bourgeois et par les temps qui courent, c'était plutôt comique. J'avais fini par comprendre que c'était du tri sélectif. Ils passeraient nous prendre la température avec un thermomètre frontal : les moins de 37,5° auraient le droit de rester confinés à l'air libre, tandis que les fébriles seraient mis hors d'état de nuire à la santé d'autrui. *Desserrés* en cage stérile ou incinérés d'office – les fantasmes allaient bon train chez mes voisins de rue, mais c'était juste pour rire, paniquer un peu plus le passant, histoire d'apporter notre modeste contribution à l'effondrement général de la société.

Au cœur des larges avenues silencieuses, vidées par la ruée vers les maisons de campagne, nous savourions la détresse des nantis sur qui, soudain, nous avions l'avantage de ne rien avoir à quitter. La perspective de ne pas être privés de grand-chose par cette situation inédite faisait de nous, pour une fois, des privilégiés. Nous avions assisté à leur exode, relativement sereins. Nous risquions de choper le coronavirus, comme tout le monde, mais nous avions, habitués à baigner dans les germes, la supériorité de l'expérience et les défenses naturelles du détachement – un système immunitaire comme un autre.

Je dis nous, mais je n'étais pas ce qu'on appelle un SDF de souche. Je ne vivais dans la rue que depuis avril dernier, lorsque la trêve hivernale de 2019 avait pris fin, permettant à mon propriétaire de me faire expulser du studio relativement salubre que j'occupais à Clichy. Interdit bancaire et n'ayant plus que ma fierté pour refuser les aides mécaniques d'une société qui m'avait jeté en connaissance de cause, j'étais préparé à cette phase ultime de ma descente aux enfers. Abandonner ma bibliothèque aux Hôpitaux de Paris a été le dernier déchirement de ma vie.

Il ne me restait plus qu'à choisir mon extérieur. Au gré des vents et des stations de métro, j'avais émigré vers les quartiers chics. Ma déchéance sociale s'accompagnait d'une promotion géographique. Un décès ayant libéré la grille d'aération du métro au carrefour La Motte-Picquet-Suffren, j'avais demandé aux occupants du secteur la permission de poser ma couverture écossaise, ma minitente et mes quatre sacs Monoprix sur ces trois mètres carrés bien exposés, ventés mais bénéficiant du chauffage souterrain, entre le parterre de roses et la zone de déjection intense des oiseaux perchés sur le platane à l'angle de l'École militaire. Ils m'avaient laissé m'installer de bon cœur : trois morts en deux ans, l'emplacement avait la réputation de porter malheur.

J'étais bien tombé, comme on dit. Mon prédécesseur étant un râleur invétéré qui refaisait le monde à coups de canettes dans les devantures, j'avais été accueilli avec soulagement par les commerçants du coin. Lorsque je venais les saluer à la fermeture, j'étais nourri d'excédents de poulet rôti à l'Auberge du Père Claude, abreuvé chez le Nicolas de grands crus bouchonnés qu'avaient rapportés les clients contre remboursement, gavé à la pharmacie Livet de vitamines gracieuses proches de la date d'expiration, et ravitaillé en classiques invendus par le bouquiniste du Village suisse. Tous appréciaient que j'évite de me mêler à la clientèle solvable, et mon silence me rendait sympathique. Ça faisait longtemps qu'ils avaient renoncé à savoir d'où je venais et comment j'en étais arrivé là. À ceux qui me l'avaient demandé, j'avais répondu : « La vie. » C'était vaste et peu propice aux développements, vu le ton à la fois léger, définitif et fataliste par lequel je m'employais à clore le sujet. Dans mon dos, j'entendais souvent dire : « Ça devait être quelqu'un de bien. »

Ça l'était toujours, mais je n'avais plus trop les moyens de le montrer, ni surtout le désir. Une moyenne de quarante euros de recette hebdomadaire dans ma casquette, une douche quotidienne au Fitness Club de La Motte-Picquet en soudoyant l'équipe de nettoyage qui arrivait à l'aube, un livre par jour, un litre le soir, et le temps passait sans moi. Résigné à ne pas déranger le cours du monde, je me laissais mourir à feu doux, avec pour toute rancœur une nostalgie éventée qui me tenait lieu d'orgueil. Élevé dans une propriété de vingt hectares dont mes parents étaient les gardiens, filleul de leur employeur le regretté comte de Buire, je tirais ma révérence à trente-huit ans sous l'aspect d'un châtelain du pavé. Rien à redire.

Chaque nuit, je coupais court au souvenir des drames en m'endormant sur un des moments heureux de ma vie, puisé tour à tour dans une enfance sans nuages, un premier amour éblouissant, ou la joie d'enseigner le français contre vents et marées durant dix ans, avant d'être chassé du collège comme un pestiféré... Je me lovais au cœur d'un de ces bonheurs perdus en espérant m'y retrouver dans l'au-delà, et je n'en rapportais au réveil que des bribes de cauchemars qui se diluaient sous la douche. Le reste du temps, isolé de la circulation par Baudelaire, Balzac ou Chateaubriand, je végétais comme l'arbre à ma gauche, j'hibernais comme les rosiers à ma droite. Je n'appréhendais que le printemps qui, à mon cœur défendant, me donnerait l'illusion douloureuse que la vie pouvait repartir. De ce côté-là, je n'allais pas être déçu.

*

J'avais suivi d'un œil distrait, à la devanture du kiosque, la progression du virus chinois qui s'était communiqué à toute la planète. J'étais désolé pour elle, mais quand on n'a plus d'attaches, on se sent moins concerné. Il faut bien mourir de quelque chose, et l'ironie de la situation me remontait plutôt le moral. On a toujours tort d'avoir peur, comme je le professais quand j'étais « quelqu'un ». Du moins, on ne craint jamais ce qu'il faut. Dieu sait si l'on nous avait bassinés avec des prophéties anxiogènes du style « Quand la Chine s'éveillera », « Un jour les Chinois envahiront la Terre »… Et voilà, ils l'ont fait. Mais de manière invisible, par virus interposé, premières victimes de l'épidémie dont ils nous ont gratifiés malgré eux. Comme fin du monde, c'était assez distrayant. À mon niveau, du moins.

Levant le nez des *Mémoires d'outre-tombe*, je regardais passer les masques et les gants de latex, les gens qui se pressaient d'un air suspicieux en s'évitant les uns les autres. La rumeur disait que, d'un jour à l'autre, ils ne seraient plus autorisés à sortir, et j'en voyais qui me dévisageaient en biais comme s'ils me jalousaient d'avance. J'étais un « droit du sol », en quelque sorte. J'aurais la permission de vivre en liberté dans la rue, puisque c'était mon lieu de résidence. D'autres se demandaient brièvement ce que j'allais devenir, sur une bouche de ventilation qu'ils imaginaient diffuser en surface les virus du métro, mais ils avaient autre chose à penser.

En les voyant se hâter de regagner leurs pénates avec leurs stocks de pâtes et de papier-cul, je leur lançais des « Bon courage ! » tout à fait sincères, qu'ils prenaient plus ou moins bien. La plupart avaient honte et détournaient le regard, face à mon immobilité placide, ma précarité que ne menaçait rien d'inhabituel. La situation hors norme qui bouleversait leur vie ne changerait pas grand-chose à la mienne. Cible offerte aux parasites ambiants, j'étais rompu depuis belle lurette aux distances sanitaires que les gens observaient à mon encontre, de peur d'attraper des poux. D'après ce que j'entendais, le virus chinois ne se contractait que si l'on vous éternuait dessus ou qu'on vous faisait la bise – pour moi, le risque était minime.

Et puis, le jour de gloire est arrivé. Le robot ménager qui nous servait de président avait annoncé d'un ton gaullien, dans toutes les télés autour de moi, qu'il déclarait la guerre au virus, en conséquence de quoi plus personne n'aurait le droit de sortir à compter du 17 mars à midi, hormis les flics et les soignants. Ça aussi, ça m'avait fait sourire. Mobilisation générale à domicile. On avait envoyé nos aïeux se faire occire loin de chez eux ; aujourd'hui on casernait les citoyens sur leur canapé, armés de leur zappette pour compter les morts en direct. Au carrefour de mes deux avenues désertes, je me sentais à l'abri de toute contamination. Je pouvais dormir tranquille – ce que j'ai fait.

Le mardi matin, une animation frénétique et plombante a envahi mon territoire. Les derniers feux de la liberté. Des centaines de fourmis couraient dévaliser les commerces encore ouverts pour se préparer au siège, pouvoir effectuer en toute sérénité la métamorphose légale qui ferait d'elles des cigales en vase clos. Deux ou trois habitués continuaient de me jeter des pièces, mais à une telle distance qu'elles tombaient à côté de la casquette, renversant fréquemment mon panonceau qui remerciait en cinq langues – incluant le latin, par pure provocation. Il faisait un beau soleil et je me préparais au confinement en mode bronzette.

Et puis, un fourgon électrique Mairie de Paris s'est garé devant le Nicolas, à la pointe de la rue du Laos. Trois agents de verbalisation en sont descendus. À la place de leur lecteur de stationnement impayé, ils tenaient un genre de perceuse, que l'un d'eux est allé appliquer sans vergogne sur le front de la vieille Jaja qui cuvait son shit. Pas de réaction. En face, contre la façade de l'opticien fermé, les deux autres preneurs de température sont allés proposer leurs services à Pernod-Ricard, comme on le surnomme du fait de ses préférences alimentaires. Il les a envoyés paître à coups de bouteilles vides. Alors ils sont allés réveiller du bout du pied les deux Tchétchènes du distributeur Société Générale, pour les inciter à respecter entre eux une distance minimale d'un mètre. Les crans d'arrêt les ont dissuadés d'insister, et ils se sont dirigés vers mon secteur en pianotant leur rapport sur leurs tablettes.

L'air flâneur et pas concerné, je me suis levé aussitôt pour aller faire un tour. Je me sentais un peu fébrile et, avec mon air inoffensif et mon Chateaubriand dépassant de ma poche de parka, je me disais que si j'étais dépisté au-dessus de 37,5°, ils ne se gêneraient pas pour me déporter en centre de desserrement.

D'une allure de joggeur distrait, j'ai traversé en courant vers le Champ-de-Mars, admirant les premiers bourgeons sur fond de tour Eiffel, et c'est là que je me suis fait percuter.

Quand je suis revenu à moi, j'étais allongé à l'intérieur d'un véhicule, ballotté par les ralentisseurs. Sans doute en chemin vers l'hôpital ou l'unité de stockage que j'avais eu à cœur d'éviter. Je n'aurais donc pas la fin du monde à laquelle j'aspirais, sur ma couverture écossaise que la ventilation du métro transformait en tapis volant pendant mes rêves.

Le crâne dans un étau, j'ai ouvert les yeux, péniblement. Un brouillard rougeâtre m'empêchait de distinguer l'habitacle. J'ai passé la main sur le sang caillé qui collait mes paupières, sans que ma vision s'éclaircisse.

– Bonjour, Lucas Norden ! a lancé une voix de femme.

Le ton pimpant me disait quelque chose. C'était peut-être une des Samusociales en maraude qui passaient nous visiter de temps en temps avec leurs questionnaires. À mon niveau, l'amabilité des flics ou des soignants n'est jamais très bon signe.

– Rassurez-vous, y a rien de cassé. Pas trop de douleurs, ça va ?

La réalité m'a rattrapé de plein fouet. J'ai dit, en refermant les yeux sur la migraine :

– Impeccable. Je refuse d'aller à l'hôpital, ramenez-moi à l'École militaire, merci, ou déposez-moi là, ça ira.

– On ne va pas à l'hôpital, a-t-elle répliqué d'une voix réconfortante.

Ça m'a inquiété de plus belle. J'avais ma carte Vitale sur moi, elle avait dû voir sur son lecteur que j'étais en fin de droits. J'ai joué les abrutis :

– Où vous m'emmenez, alors ?

– En lieu sûr.

– Je ne vous ai rien demandé ! Je ne veux pas de foyer, de centre d'accueil…

– Celui-là vous plaira. Faites-moi confiance.

– Arrêtez cette voiture !

– Vous pouvez vous rendormir.

Une immense fatigue m'a envahi aussitôt, comme si mon corps obéissait malgré moi à un ordre impérieux dissimulé sous l'invitation courtoise.

Lorsque je me suis réveillé, on roulait en pleine campagne. Le brouillard rougeâtre avait disparu. J'étais couché en travers d'une banquette moelleuse, à l'arrière d'une grande voiture d'autrefois emplie de boiseries et d'odeurs de cuir humide. Je me suis redressé d'un coup. C'est une jeune femme blonde qui conduisait, à plus d'un mètre cinquante – distance de sécurité respectée.

– On refait surface ? a-t-elle lancé sans se retourner.

Elle avait de longs cheveux vaporeux, un pull bleu ciel sur les épaules et une voix rieuse que j'identifiais clairement, à présent. Je reconnaissais la voiture, aussi. Je me suis dit que je rêvais, ou que j'étais mort. Pour donner le change, j'ai demandé une nouvelle fois :

– On va où ?

– Tout va bien.

Dans le flou cotonneux dont j'émergeais difficilement, j'ai mis quelques secondes à me rendre compte que ce n'était pas vraiment une réponse. Nous roulions mollement sur une route forestière, sans croiser personne

– Il est quelle heure ?

Elle a tourné la tête vers l'antique pendulette au centre du tableau de bord verni.

– Midi trente-cinq.

J'ai lancé par réflexe :

– Hé ! c'est le couvre-feu, vous n'avez plus le droit de rouler.

– Pas de souci. On arrive en lieu sûr.

En effet, l'hôpital ne semblait pas d'actualité. On aurait plutôt dit qu'elle cherchait un coin tranquille où ensevelir ma dépouille, pour s'éviter des tracas avec la justice ou l'assurance.

– La mémoire revient ? s'est-elle enquise comme on propose un verre d'eau.

Je n'étais plus tout à fait sûr de rêver. Les souvenirs anciens s'imbriquaient dans un présent qui s'en trouvait totalement chamboulé. Avec l'appréhension bravache d'un gamin qui glisse les doigts dans une prise de courant, j'ai risqué :

– Audrey ?

– Je n'ai pas trop changé, alors. C'est chouette. Merci, Lucas.

Le sang avait quitté mon visage. Cette voix, ces cheveux, ce parfum de musc et de vanille qui se faufilait sous les effluves de cuir… J'étais revenu vingt-deux ans en arrière. Pour calmer les battements de mon cœur, j'ai articulé dans un effort de détachement :

– C'est… c'est quand même pas la même voiture ?

– Elle est bien conservée, elle aussi, non ? Toute dans son jus. Regarde, il y a toujours les papiers d'origine.

Sa main droite lâche le volant, elle se penche pour ouvrir la boîte à gants en ronce de noyer. Comment la Jaguar Mark Ten est-elle tombée entre ses mains ? Un cadeau des héritiers du comte à la jeune employée de maison ? Ou alors, elle l'a dénichée sur eBay. La jubilation visible avec laquelle elle pilote ce vieux vaisseau routier laisse entendre qu'elle est restée, comme moi, ancrée dans nos années communes à La Sauvetière.

Par-dessus la console centrale, elle me tend une pochette de velours moisi. Je la prends en détaillant son profil inchangé, son regard noisette qui me retourne le cœur. Elle n'a pas pris une ride, c'est incroyable. On la dirait tout droit sortie de la photo prise le 14 juillet 1998, que j'avais jetée avec tous mes autres souvenirs avant de m'installer dans la rue. Elle me cligne de l'œil et, d'un léger coup de volant, remet la voiture dans l'axe à quelques centimètres d'un tronc.

Je me radosse contre le cuir fendu pour examiner la carte grise. En lambeaux, scotché au niveau de la pliure, le document daté de 1961 est toujours au nom de Charles de Buire.

– Et elle n'a fait que cent kilomètres depuis la dernière fois, souligne Audrey.

Les trois mots me nouent le ventre. « La dernière fois » dont elle parle, c'est le soir d'été où nous avons fait l'amour sur cette banquette, à l'intérieur de la grange, entre le tracteur et la herse. Elle avait dix-huit ans, moi seize.

– Audrey… Ce n'est pas possible, un hasard pareil ?

– Non. Je ne t'ai jamais oublié, moi non plus. Ça fait longtemps que j'ai retrouvé ta trace. Mais j'attendais le moment propice.

Je me suis senti rougir jusqu'aux doigts de pieds. Jamais, avant cet instant, je n'avais eu honte de ce que j'étais devenu. C'était mon choix, mon honneur, ma riposte. « Retrouvé ta trace », ça voulait dire quoi ? Elle était passée devant ma bouche d'aération, un soir, en regagnant sa voiture après un dîner au Père Claude ? Ou bien les « retrouvailles » s'étaient-elles faites par voie de presse, quand on m'avait cloué au pilori de l'Éducation nationale pour violences sur élève ? Préférant ne pas m'appesantir sur moi, je lui ai demandé ce qu'elle faisait dans la vie.

– À ton avis ? Comment tu me vois ?

– Je ne sais pas… Tu es mariée ?

– Non.

– Des enfants ?

– Non plus.

– Tu vis où ?

– Je bouge.

– Et tu travailles dans quoi ?

– Devine.

J'ai cherché la réponse dans sa jeunesse intacte, ses beaux cheveux pleins de vigueur, ses mains fines aux ongles bleutés qui manœuvraient le volant et le levier de vitesses avec une précision distraite, sa robe légère un peu vintage, l'assurance de sa voix. Comme elle était loin, la fille de la boulangerie qui venait faire le ménage trois fois par semaine au château… Et pourtant, je reconnaissais tout, comme si les fantasmes où j'avais entretenu son souvenir durant toutes ces années avaient déteint sur elle à distance, l'avaient soustraite à l'emprise du temps.

– Dans quoi tu m'imagines ? a-t-elle relancé.

– Je ne sais pas… Les relations publiques ?

– Bien vu. Tu as deviné où je t'emmène ?

J'ai hésité. Une réponse malvenue risquait de rompre le charme hallucinant qui flottait dans l'habitacle. J'ai quand même risqué :

– Chez toi ?

– On va dire : chez nous.

Ses mots sont restés bloqués dans ma gorge. J'étais incapable de proférer un son. Trop bouleversé pour réagir à ce qui se passait sous mes yeux. J'avais reconnu la rivière de l'autre côté de la voie ferrée, le vieux pont… Il manquait des arbres, il y en avait de nouveaux, quelques maisons en plus. Mais, sur la gauche, les toits de Buire se détachaient derrière la pinède de La Croix-Mater.

Elle a stoppé la Jaguar devant la grande grille rouillée. Elle a éteint le moteur, et s'est retournée pour savourer ma réaction. Mon cœur battait à tout rompre.

– Heureux ?

J'ai répondu d'un mouvement de sourcils. Il m'a fallu plusieurs secondes pour réussir à lui demander si elle était déjà revenue ici.

– Non. Mais je me suis dit qu'avec toi, ce serait une bonne idée. Je n'ai personne dans ma vie, Lucas, toi non plus, et on entre dans une longue période de parenthèse renouvelable. J'ai pensé que c'était l'occasion ou jamais de retourner en arrière. On se confine ensemble ?

J'ai soutenu son regard. C'est vrai que la vie m'avait appris à me contenter de peu, mais ces quatre mots étaient la plus belle déclaration d'amour que j'avais jamais reçue.

– C'est chouette que tu aies tenu ta promesse, a-t-elle murmuré.

– Laquelle ?

– Tu m'avais dit en partant : « Je nous les garderai toujours. »

Je n'ai pas eu le temps de lui demander comment elle savait que j'étais resté fidèle à mon serment d'ado – oui, j'avais conservé les clés de La Sauvetière. Déjà, elle enchaînait :

– Quand je t'ai installé sur la banquette, elles sont tombées sur le tapis de sol. Je les ai reconnues tout de suite, je les ai remises dans ta poche.

La scène qu'elle venait d'évoquer m'a ramené brusquement à la collision qui l'avait précédée. Une boule a grossi dans ma gorge.

– Audrey… Tu ne m'as quand même pas percuté… *exprès* ?

– C'est toi qui traversais sans regarder.

– Mais… ce que tu appelais tout à l'heure « le moment propice »…

– Viens !

Elle est sortie de la voiture. Sa robe légère collée par la transpiration du siège moulait des fesses plus rebondies que dans mon souvenir. Je me suis contenté de la réponse et je l'ai rejointe, la tête lourde, les jambes flageolantes.

La fraîcheur âcre de l'herbe et des feuilles mortes me saisit à la gorge. Au-dessus de la cloche piquetée, les lettres gravées dans la pierre disparaissent sous les mousses. *La Sauvetière* n'est lisible que pour ceux qui connaissent le nom. Sur les grilles à peine plus rouillées qu'autrefois, le lierre qui court des montants aux barreaux bouche la vue d'où n'émerge qu'un amas de ronces. Le château existe-t-il encore ? Une grande pancarte est scellée sur les hauts murs d'enceinte :

Ici, prochainement :
La Vallée des Elfes
30 villas de très grand standing
Tennis, piscine, golf, club-house.

La maquette photo du programme immobilier pendouille, rongée par les oiseaux, délavée par le soleil et les intempéries. Le promoteur auquel les héritiers avaient vendu le domaine a-t-il fait faillite avant ou après la démolition ? Je m'approche d'Audrey qui m'attend, adossée à la grille. Son corps est un appel vivant, la plus violente riposte qui soit contre la mort lente à laquelle je m'étais condamné. Un retour aux sources d'où, soudain, jaillit un avenir possible au milieu des ruines – du moins la perspective d'un présent à reconstruire. Et c'est mon premier flirt d'adolescent, la première femme de ma vie, qui me l'offre. Que lui est-il arrivé, pour qu'elle se soit soudain raccrochée de la sorte à mon souvenir, elle qui n'a jamais répondu à mes lettres ?

Elle m'a tendu la main, je l'ai prise. Elle l'a retirée. Ce qu'elle voulait, c'était le trousseau. J'ai fouillé dans ma parka et je lui ai donné les clés désargentées de mon enfance. Ce vieux trousseau de mon père, accroché en permanence à sa ceinture de garde-chasse, m'avait suivi de poche en poche, dans les foyers de la DDASS comme à l'internat, sur les bancs de la fac et dans mes différents collèges, sous le toit conjugal, puis dans mon studio de divorcé et sur mon coin de trottoir. C'était mon seul héritage, le seul vestige de mes années douces. J'en avais fait une promesse fossilisée, un talisman, un porte-bonheur – disons, un coupe-malheur.

Audrey a choisi d'emblée la clé la plus petite, m'a caressé la joue avec son extrémité, puis s'est retournée vers le cadenas. C'est moi qui avais fermé la propriété en septembre 1998, après le drame. Je reconnaissais le double nœud en queue de cochon que j'avais infligé à la longue chaîne gainée de plastique orange. Si quelqu'un était revenu ici entre-temps, il avait refermé à l'identique. Plus vraisemblablement, les ayants droit et les acquéreurs avaient dû passer par le portail des écuries donnant sur la route d'Irmeuil, de l'autre côté des vingt hectares.

La clé s'introduit dans la serrure avec difficulté, les doigts d'Audrey ont du mal à la tourner. Je pose ma main en renfort sur la sienne pour achever la rotation. Lorsque le cadenas heurte les barreaux au bout de sa chaîne, elle se retourne vers moi, se plaque contre mon corps et noue ses bras autour de ma nuque. Je réprime un mouvement de recul. J'ai beau avoir pris ma douche matinale au Fitness et m'être rasé comme tous les jours impairs, ma parka sent la rue, la vinasse bouchonnée et l'œuf pourri exhalé par la ventilation du métro. Elle effleure de ses lèvres closes ma bouche sèche, se détache en s'étirant dans un rayon de soleil.

– C'est bien d'être une femme ! soupire-t-elle avec une satisfaction presque étonnée, comme s'il ne s'était rien passé dans sa vie depuis nos câlins de gamins.

Et elle s'arc-boute contre le battant gauche pour forcer l'ouverture, tandis que je dilue mon trouble en faisant de même côté droit. Dans une série de grincements caverneux, la grille découvre un amas de branchages, une voûte végétale affaissée rejointe par les ronces qui ont investi l'allée de gravier. Audrey regagne la voiture en disant :

– Je te laisse le volant.

J'obtempère sans commentaires. Je n'ai pas conduit depuis au moins trois ans, et c'était une Autolib. Mais les réflexes reviennent, et le contact du grand volant de bakélite réveille instantanément l'ambiance de mes périples imaginaires, quand, derrière ce tableau de bord en noyer verni, je jouais au châtelain dans la grange en l'absence du comte. La longue Jaguar avance lentement dans le remous des ornières, fendant les taillis d'orties façon brise-glace. Audrey, tournée vers moi, le coude sur le dossier, ne me quitte pas des yeux, buvant mes réactions, anticipant mes émotions avec des murmures d'empathie.

Au premier virage, je découvre le pavillon de gardien où j'ai vu le jour. Toiture et murs sont éventrés par un des chênes tricentenaires dont nous étions si fiers, sans doute victime de la tempête de décembre 1999. Je serre les mâchoires, rapproche la voiture de la façade écroulée pour passer sous le tronc. Malgré la faible garde au sol de la carrosserie en cigare, les branches mortes nous griffent le toit.

– Désolé.

– Il n'y a pas de mal, murmure-t-elle sur un ton de compassion. Enfin, pour moi.

Je détourne les yeux de son regard apitoyé, me concentre sur la conduite problématique entre les obstacles de pierre et de bois. Ça m'arrange plutôt, que ma maison natale soit détruite. Ça m'épargne la tentation du pèlerinage dans la cuisine. La reconstitution *in situ* du drame qui a brisé ma vie.

Je rejoins l'allée dans le virage de l'étang, sinue vers la berge entre les arbres couchés. Certains, pas tout à fait déracinés, sont repartis du tronc, dressant vers le ciel des rangées d'arbrisseaux en bourgeons qui narguent l'hécatombe.

Derrière la masse du vieux cèdre épargné où demeurent quelques planches de la cabane que mon père m'avait construite, j'aperçois la tour d'angle. Une émotion inconnue me submerge. Sans l'initiative aberrante d'Audrey, jamais je n'aurais osé affronter ces lieux de mon enfance devenus une scène de crime. Mes cauchemars suffisaient au devoir de mémoire. Et voilà que, plus forte que l'horreur ressassée, la vie repartait du tronc, là encore. La masse gracile du petit château vêtu de lierre défiait l'abandon au creux de sa cuvette, dans les rayons de soleil obliques striés par les corbeaux. Le grand cyprès bleu, son immense motte de glaise retenue au sol par quelques racines, était tombé délicatement sur l'aile nord, telle une béquille appuyée contre la tour dont la toiture s'enfouissait au creux du faîtage. Un charme ironique et doux naissait de cette précarité qui s'était installée dans la durée. Le côté Belle au bois dormant l'emportait sur l'ampleur du sinistre. Portes et volets clos n'offraient aucun indice de squat.

J'ai arrêté le moteur devant le perron, et on s'est dévisagés. Dans nos yeux remontaient les larmes d'autrefois – celles de notre dernier regard en ces lieux, la nuit de la tuerie, dans la lueur hachée des gyrophares. On était revenus à minuit, sur son scooter, de la boum organisée par le fils de la station Shell. Un gros break noir surgissant de l'allée avait failli nous renverser. On avait trouvé mes parents avec les chiens devant la télé de leur cuisine, et le comte derrière la porte du château – tous tués d'une balle dans la tête. L'enquête n'avait débouché sur rien. Tour à tour, au gré des témoignages glanés dans la région, le massacre avait été mis sur le compte de la panique, de la drogue, du dépit de n'avoir rien trouvé à voler, de la secte sataniste fréquentant la forêt domaniale... Le fait de s'être attaqué à un retraité vivant cloîtré dans les vestiges d'un bien de famille dont l'entretien l'avait ruiné, tout comme l'exécution à bout portant de ses gardiens appréciés dans tout le pays, n'excluait aucune hypothèse en dehors de la vengeance.

À en croire les journaux, le déclencheur du carnage était mon père, abattu avec son fusil de chasse à la main. Sans suspects ni indices, on avait classé l'affaire. Effrayés par le montant des dettes, la veuve et le fils du comte, qui tenaient un hôtel en Guadeloupe, avaient renoncé à l'héritage. L'État avait vendu la propriété aux enchères et le promoteur, sans doute échaudé par un refus de permis de construire, avait jeté l'éponge. Quant au survivant, confié à la DDASS, il avait noyé son deuil à l'autre bout de l'Ile-de-France, séparé de sa chérie à qui il écrivait jour et nuit des dizaines de pages demeurées lettres mortes. Il ne lui était resté que la langue française autour de laquelle il s'était reconstruit, déconstruit, résorbé.

– Pourquoi tu ne m'as jamais répondu, Audrey ?

Elle m'a pris la main avec un sourire désolé.

– Il y avait une bonne raison, tu sais.

– Laquelle ? Tu avais dix-huit ans, tous les mecs à tes pieds et pas le cœur à jouer les infirmières, c'est ça ?

Je m'en suis voulu de ce sursaut d'amertume. Elle a esquivé en disant qu'elle était à cinquante centimètres de moi, aujourd'hui, et que, si j'en avais toujours le désir, nous pouvions reprendre le fil de notre histoire là où il s'était rompu. Le temps que je prenne son visage dans mes mains pour signifier mon accord, elle était sortie de la Jaguar. Je l'ai rejointe devant le coffre qu'elle venait d'ouvrir. Des monceaux de victuailles et de produits d'entretien, comprimés par le couvercle de malle, débordaient sur les ailes.

– On a de quoi tenir, a-t-elle commenté. Tu nous fais les honneurs ?

Assez épaté par la préméditation et la confiance dont témoignait le volume de ses courses, j'ai attrapé deux sacs de supermarché, repris le trousseau et je suis allé introduire la grosse clé noire dans la porte en chêne clouté. Quand le battant s'est ouvert, une haleine de cave et de cendre froide s'est échappée du château. Une lumière de vitrail tombait de la fenêtre en ogive au sommet de l'escalier, éclairant le piano droit sur lequel jadis Audrey massacrait Mylène Farmer après ses heures de repassage. Dans un silence ponctué de lointains battements d'ailes, un vent coulis agitait la poussière sur les dalles, par-dessus les fientes et le sang caillé.

– C'est bon de retrouver la maison, non ? a-t-elle dit en entrant avec la bonbonne de gaz.

Son allégresse décalée avait l'air naturelle. En moins de dix minutes, tandis que je vidais le coffre, elle avait débloqué tous les volets du rez-de-chaussée, allumé un feu dans le salon avec les fagots du porte-bûches, ouvert les robinets de la cuisine et des salles de bains, tout en enlevant les toiles d'araignées par des rotations de balai qui me rappelaient sa façon de manger les spaghettis. La voir renouer avec la gestuelle véloce de ses dix-huit ans était mieux qu'un retour en arrière. Le temps faisait un pli et tout ce qui s'était décousu en moi se réassemblait dans une sensation d'émerveillement incrédule. L'impression que tout rentrait dans l'ordre. Que nous faisions le ménage dans ce qui aurait pu être notre vie et qui ne demandait qu'à le devenir.

– Lucas, tu remplis les lampes à huile et tu remontes les bougies de la cave, merci. Essaie de faire sortir la pie de la tour et de boucher le carreau.

Ses ordres exécutés à une allure similaire, je suis revenu me poser sur une chaise de cuisine. Quand l'eau du puits a fini par passer du marron foncé au jaune pâle, elle m'a dit que je pouvais prendre ma douche en premier. Je n'ai pas réagi. Affalé au milieu des sachets de quinoa, des légumes en bocaux et des paquets de pâtes, je la regardais fermer le robinet de l'évier, courir brancher la bonbonne de gaz sous l'auvent extérieur, titiller les brûleurs jusqu'à ce que les allumettes déclenchent des flammes en corolles. Tout ça me semblait trop réel pour être vrai.

– À quoi tu penses, mon ange ?

Le mot a provoqué en moi la même crispation que lorsqu'elle le murmurait à mon oreille en flirtant dans les couloirs entre deux coups d'aspirateur. Une offense à la virilité de mes seize ans.

– À quoi tu penses, Lucas ?

– Je suis mort et je rêve, c'est ça ?

Tout en mettant à chauffer une casserole d'eau, elle a répondu distraitement :

– Libre à toi de le croire, mais va quand même prendre une douche.

J'avais choisi la plus petite salle de bains, par flemme. Après avoir récuré le sol, le carrelage et la baignoire, je me suis livré au jet glacé, heureusement maigrichon, qui s'échappait du pommeau grumeleux de calcaire. Audrey est entrée avec un sac de linge en bandoulière et deux casseroles fumantes, qu'elle a versées dans la baignoire autour de moi en évitant de m'ébouillanter. Assis les genoux serrés contre le thorax pour respecter pudeur et esthétique, j'ai joué la légèreté en rappelant que, bien sûr, si nous avions un titre de propriété, ce serait plus simple d'appeler EDF pour rétablir le courant.

– À la guerre comme à la guerre, a-t-elle répondu avec un sérieux soudain. Tu n'es pas en vacances, tu es là pour combattre le virus.

Désarçonné par cette dureté nouvelle, je l'ai regardée sortir du sac une serviette éponge, un pantalon de sport, un pull zippé, un caleçon, des chaussettes et une paire de baskets, qu'elle a disposés autour de la baignoire.

– J'ai acheté de mémoire, tu n'as pas trop forci. Rejoins-moi dans le bureau du comte.

Elle a ramassé mon Levi's, mon vieux cachemire pelucheux et mon boxer Calvin Klein, souvenirs du temps de ma gloire enseignante, les a fourrés dans son sac, et elle est repartie sans ses casseroles. Sur le seuil, elle s'est brusquement figée, s'est retournée, m'a détaillé avec une acuité qui n'avait rien de flatteur, mais qui a débouché sur un élan de détresse inattendu dans sa voix :

– C'est fou, quand même. Une telle humanité, une telle culture, un tel potentiel… Quel gâchis, Lucas. Comment tu as pu te laisser enterrer comme ça ?

J'ai haussé les épaules, posé la joue sur un genou et répondu :

– Déterre-moi.

Elle est sortie en refermant la porte.

*

Quand je l'ai retrouvée au rez-de-chaussée, dans le grand bureau d'angle ouvert sur la terrasse, elle avait débarrassé la porte-fenêtre de ses rideaux noirs de crasse, lessivé le sol à la serpillière, dépoussiéré l'immense bibliothèque avec des lingettes de cire, et elle achevait de retirer les draps moisis du petit lit Louis XIII où mon parrain avait coutume de faire la sieste. La vitesse précise avec laquelle je l'avais toujours vue expédier les tâches ménagères comme les préliminaires sexuels me laissait figé sur le seuil, la gorge nouée, tout vibrant dans mes habits neufs.

Dès qu'elle m'a vu, elle m'a tendu le drap-housse et la couette qu'elle avait achetés, et on a refait le lit à une place où, apparemment, elle avait l'intention de me cantonner. Mais le coton qu'elle avait choisi était du même bleu que l'édredon de ma chambre d'ado sous lequel, un dimanche de Pâques où mes parents étaient à la messe avec le comte, elle m'avait laissé lui faire l'amour jusqu'au bout.

Tout en bordant le bas du lit, elle m'a désigné du menton les rayonnages vitrés où s'alignaient les livres et les revues scientifiques de son employeur d'autrefois. Elle a dit :

– Ton devoir de confinement, c'est de trouver la réponse.

– La réponse à quoi ?

– Au virus. C'est pour ça que je t'ai ramené ici, entre autres.

J'ai fini d'ajuster la taie d'oreiller en me rappelant les efforts aussi méritoires que vains déployés par Charles de Buire pour m'intéresser à ses travaux de biologie. Elle a précisé :

– C'est dans ses livres que se trouve l'issue du combat.

– Qu'est-ce qui te fait dire ça ?

– Tout le temps passé à les épousseter, à déchiffrer les fiches qui en tombaient.

Où voulait-elle en venir ? La préméditation amoureuse sur laquelle je m'étais focalisé n'était visiblement pas ce qui la guidait en premier. Dominant mon dépit, j'ai dit :

– Mais quel rapport avec moi ? Je ne suis qu'un littéraire.

– Justement. Tu sauras trouver les mots pour transmettre le message.

– Quel message ?

Son regard s'est posé sur la grande photo sépia encadrée sous le baldaquin mité du petit lit. Une vue d'ensemble des *Passions humaines*, le haut-relief sculpté par Jef Lambeaux en 1898 dans le parc du Cinquantenaire, à Bruxelles. Chaque fois que je venais emprunter un livre à mon parrain, je laissais une trouble excitation m'envahir devant ces dizaines de corps nus en marbre blanc qui, dans une esthétique sereine conjuguant la partouze et l'ossuaire, gisaient enchevêtrés dans leurs caresses.

– Vous étiez beaux, dit-elle dans un murmure.

Son regard revient vers moi avec une sorte d'émotion respectueuse, comme si j'étais un survivant de ce champ de plaisir.

– Dès le départ de l'épidémie, j'ai misé sur toi pour préserver les humains. Surprends-moi, Lucas. Mérite-moi. Travaille, cherche… Je suis hors jeu, à présent : c'est à toi de trouver la solution au problème que j'ai causé.

– Mais de quoi tu parles ?

– Un peu de patience.

Nos doigts se sont frôlés sur un pli de la couette qu'on était en train d'aplanir.

– Quoique, a-t-elle repris d'un ton perplexe.

J'ai détourné les yeux du soutien-gorge qui ondulait dans l'échancrure à chacun de ses mouvements. Elle a enchaîné :

– De deux choses l'une : ou l'attente stimule les fonctions cérébrales dans une perspective de récompense, ou alors, sous l'effet de l'obsession, elle les embrume. Qu'en penses-tu ?

On a terminé de lisser la couette, on s'est dévisagés et, d'un commun accord, on l'a retroussée d'un coup pour dissiper la brume.

– Tu n'as pas peur que je sois contaminé ? ai-je glissé par scrupule, tandis qu'elle me déshabillait.

– Si c'était ça le souci…, a-t-elle répondu sur un ton rassurant.

J'ai dit bon. Après tout, c'est elle qui voyait. Je n'avais aucune raison particulière de me protéger et, si elle s'en foutait également, autant renouer dans ses bras avec ce que la vie m'avait donné de meilleur.

– C'était comme dans tes souvenirs ? s'est-elle informée en retombant sur moi.

J'ai pris le temps de récupérer mon souffle et de caresser ses cheveux. Elle a précisé la demande cinq secondes plus tard :

– Tu as trouvé ça mieux ou moins bien ?

– Mieux, ai-je menti.

– Moi non plus. On veut toujours retrouver ce qu'on a connu, mais ce qui compte, c'est de faire du neuf. Non ? Allez, un plat de nouilles et au boulot !

Elle a sauté dans sa culotte, quitté la pièce en reboutonnant sa robe. Dévasté par sa vigueur détachée, la manière dont elle s'était acquittée de l'amour façon formalité, je n'étais pas sûr d'être très motivé pour la suite du programme – hormis les pâtes : je mourais de faim.

– C'est bien que tu arrêtes le vin, a-t-elle statué en dévissant un jus d'orange.

– Bonne idée, ça ira mieux sur la sauce tomate.

On a dévoré en silence. Il n'y avait pas de gêne entre nous à proprement parler, plutôt une sorte de bras de fer machinal qui, je crois, tenait moins de la déception ou de la pudeur que du principe de précaution. J'étais totalement dépassé par ce que j'éprouvais pour elle, et je sentais qu'elle aussi se méfiait de ses sentiments. Son besoin flagrant de tout contrôler butait sur mes limites. J'étais quoi pour elle ? Un défi, un jeu, un pari, une étude de comportement ? Genre : comment remettre sur pied un SDF en le confinant dans un rêve, en réalisant ses fantasmes, en le dotant d'objectifs exaltants ?

– Je te ressers, Lucas ?

– Non merci. Qu'est-ce que tu entends par « trouver la solution au problème que tu as causé » ?

– À ton avis.

– Tu n'as quand même pas joué un rôle dans la propagation du virus ?

– Tu reveux du Tropico ?

– Des précisions, plutôt. Quel rapport y a-t-il entre toi, la pandémie et les travaux du comte ?

Elle s'est essuyé la bouche, a replié sa serviette en papier avant de répondre :

– Toi, mon Lulu. C'est toi, le rapport. L'espoir.

– L'espoir de quoi ?

– De l'humanité.

– Je suis flatté.

– Y a pas de quoi, j'ai pris ce que j'avais sous la main. Je t'expose le problème, je t'aide à trouver la solution, à définir le message, et c'est toi qui le divulgues au monde. Ça marche ?

Résolu à entrer dans son jeu pour connaître ses cartes, j'ai saucé mon assiette en récapitulant :

– Si je comprends bien, tu ne veux pas apparaître au grand jour.

– Voilà.

– Tu as commis une grosse boulette, et tu veux réparer sans qu'on remonte jusqu'à toi.

– On va dire ça comme ça.

– Et qu'est-ce que j'y gagne, à part un câlin express et des nouilles au jus d'orange ?

– La survie de ton espèce.

– Carrément. Eh ben, allons-y. J'ai droit à un café ?

Je me suis levé, elle m'a retenu par le poignet.

– Je suis sérieuse, Lucas.

Elle n'avait plus rien de la jeune tornade blonde qui avait ravagé pendant vingt-deux ans mes rêves et mes rapports avec les autres femmes. Tout à coup, on aurait dit Amandine, que j'avais fini par épouser parce qu'elle était son portrait craché, l'insouciance en moins – pesanteur que je n'avais fait qu'accentuer, à force de toujours regretter l'original dans les déviances du clone.

– Si le Covid-19 est apparu en Chine, mon ange, j'en suis l'unique responsable.

Je me suis rassis, interloqué. Le pire est qu'elle avait l'air totalement sincère.

– Comment ça, « responsable » ? Tu m'as dit que tu travaillais dans les relations publiques.

– Ça en fait partie. L'événementiel, la communication de masse, les grandes causes humanitaires...

– D'accord. Tuer des millions de personnes, c'est une cause humanitaire.

– Ça peut, mais nous n'en sommes pas là. Les millions de morts dont tu parles, c'est la grippe mondiale annuelle et le paludisme. Là, pour l'instant, il s'agit simplement d'un petit rappel à l'ordre. Un virus anodin, en dehors de sa vitesse de contagion.

Je scrutais son visage impassible qui mâchait en

parlant. J'ai attendu qu'elle avale pour faire mine d'abonder dans son sens :

– C'est vrai, alors, ce que j'ai entendu sur le trottoir de la pharmacie ? Le corona s'est échappé d'un labo franco-chinois de Wuhan, qui travaillait sur les manipulations virales pour fabriquer un vaccin ?

– C'est l'une des versions semi-officielles, oui, mais ça n'a rien d'un accident. Je te l'ai dit : c'est moi qui ai déclenché exprès, pour le bien de l'humanité, une pandémie géante, mais relativement bénigne. Une pandémie spectacle. Une pandémie témoin. La bande-annonce de ce qui vous pend au nez puissance mille, la prochaine fois, si vous ne changez pas radicalement votre façon de traiter la planète.

J'ai hoché la tête d'un air pénétré. Je ne sais pas avec quelle vodka elle diluait son Tropico, mais, si elle commençait à débloquer de la sorte, ç'allait être sympa comme confinement. Elle s'est resservi une assiettes de pâtes. Pour la pousser dans ses retranchements, j'ai joué la gravité solennelle sur un ton de JT :

– Je peux savoir pour qui tu travailles ?

– Les consciences en alerte qui veillent sur le devenir de la Terre.

– Les écolo-terroristes ? D'accord. Vous avez lâché un virus qui éradique l'humanité pour sauver la nature, super.

– N'anticipons pas. Je n'ai fait que lancer une grande campagne de sensibilisation. On verra le résultat.

– Sans moi.

Je me suis relevé et je suis allé récupérer ma parka dans son sac de linge sale. Elle s'est précipitée pour bloquer mon geste.

– Non, Lucas. C'est pour ça que je suis venue te chercher, te réactiver, te remettre en scène. C'est toi, je t'ai dit, qui vas stopper la pandémie tout en révélant au monde ce que j'ai fait pour lui. Tu seras mon porte-parole, mon ambassadeur auprès du genre humain.

– J'y cours.

Je l'ai repoussée en fonçant hors de la cuisine, raflant au passage les clés de voiture sur la paillasse de l'évier. Elle m'a rattrapé au milieu du grand salon.

– Attends, Lucas ! Tu ne vas nulle part !

Sa poigne était aussi forte que sa voix. Je me suis dégagé pour lui faire face.

– Je ne resterai pas confiné une minute de plus

avec une psychopathe, OK ? Ou tu es une mytho complète, ou tu es...

– ... la femme de ta vie et l'avenir de ton espèce.

– On te remercie. Bonne continuation.

En trois enjambées, elle m'a barré de son corps l'entrée du hall, bras tendus en travers du chambranle.

– Je ne veux pas que tu partes. C'est dangereux, Lucas ! Depuis deux jours, le village est envahi de Parisiens contaminés qui sont venus se réfugier dans leurs résidences secondaires.

– Je croyais que ton virus était bénin.

– Sur un terrain fragilisé comme le tien, il vaut mieux faire l'impasse. Si je te confine, c'est pour ton bien.

– Laisse-moi passer ou je te gicle.

– Hors d'ici, je ne peux pas te protéger. Si tu attrapes le virus, qu'est-ce que je deviens ?

– Tu t'en prendras à toi-même.

Je la soulève par les aisselles, la projette dans un fauteuil. Elle jaillit du nuage de poussière, me saisit au collet en criant :

– Tu fais ce que je te dis ou tu es mort !

Une baffe et elle retombe assise. Calmée net, elle me fixe d'un regard triste qui refroidit ma rage.

– Je suis désolé, Audrey. Mais je ne supporte pas les mensonges, les délires, les paranos… J'ai donné.

– Je sais. Je sais ce que t'a fait ton élève, à Sarcelles. Mais tu n'es pas ma victime, tu es mon sauveur.

J'ai tourné les talons, traversé le hall, foncé jusqu'à la Jaguar. Elle ne m'a pas suivi. J'ai démarré dans une volée de graviers. Je ne savais pas où j'allais, mais je ne pouvais pas rester. La violence qui était remontée en moi m'était insupportable. Je revoyais mes troisièmes B, le beau texte de Romain Gary sur la déportation que je leur faisais commenter, et la petite connasse à bonnet qui s'était levée pour déclarer que les chambres à gaz étaient une invention des juifs. Je revoyais ma main qui était partie toute seule, son nez en sang à cause de l'alliance qui avait heurté le piercing, la plainte pour islamophobie, harcèlement, coups et blessures. « Et vous n'êtes même pas juif », m'avait reproché le proviseur. L'enquête m'a blanchi des deux premiers chefs d'accusation, mais ça n'a eu aucun effet : je me suis fait lapider durant des semaines sur les réseaux sociaux, mes élèves ont voté une grève de soutien à la négationniste, et l'Éducation nationale m'a mis en disponibilité pour calmer les esprits. Je leur ai flanqué ma dém' à la gueule, écœuré. Après m'avoir soutenu plus d'un mois, ma femme a accepté le divorce parce que je refusais de me défendre autrement que par le suicide social et que, prof dans le même collège, je ne voulais pas l'entraîner dans ma chute ni entacher la réputation de sa mère.

Bringuebalant dans les ornières qui défoncent les essieux, je détourne les yeux de ma maison natale. Tout est mort en moi quand on m'a tué mes parents, j'ai fait ce que j'ai pu pour ressusciter dans les bras d'Amandine et me prolonger artificiellement lorsqu'on a de nouveau brisé ma vie, mais cette fois c'est fini. Je suis revenu à mon point de départ, je viens de saccager le seul amour qui ait compté pour moi, la boucle est bouclée.

Portail franchi, j'accélère sur la ligne droite des Perrières. 90, 120, 140… Le pylône électrique sera parfait, à l'entrée du virage, côté champs ; ça épargnera les arbres si la voiture explose.

Les doigts crispés sur le volant, j'enfonce l'accélérateur. Le gros moteur rugit dans les graves, et je m'apprête à fermer les yeux lorsque trois vélos côte à côte débouchent du virage, mordant la ligne blanche. J'écrase la pédale de frein, redresse le cap in extremis. La famille m'engueule avec des doigts d'honneur et des vrillages de tempes.

Le temps de reprendre mon souffle, je laisse la voiture continuer sur sa lancée à vitesse réduite. Encore deux ou trois lacets, autant que je me souvienne, et j'aurai de nouveau une ligne droite. Mais un tracteur apparaît, cinq cents mètres devant moi. Au rond-point, je tourne en direction du village. Tant pis : je ferai le détour pour revenir sur le tronçon que j'avais choisi initialement pour ma sortie de scène.

Un kilomètre plus loin, au carrefour de la route de Buire, un fourgon bleu est garé sur le bas-côté. Les deux gendarmes postés au bord de la chaussée me font signe de ralentir et de m'arrêter derrière leur véhicule. J'obtempère, la mort dans l'âme et le sourire cordial. Je coupe le contact, descends ma vitre.

– Bonjour, messieurs.

– Attestation dérogatoire, répond le plus jeune.

– Pardon ?

Le plus âgé s'approche pour me sermonner : depuis que le confinement est en vigueur, il faut rédiger une attestation sur l'honneur pour aller prendre l'air, acheter le pain, se faire soigner ou se rendre au boulot quand le télétravail n'est pas possible.

– Vous avez une feuille ? Je vous la remplis tout de suite.

– Non, vous rentrez chez vous, intime le jeune, et vous téléchargez sur point-gouv l'imprimé où vous cochez la case correspondant à votre motif, nom prénom daté signé. Ça va pour aujourd'hui, mais la prochaine fois que vous sortez sans l'attestation, c'est cent trente-cinq euros.

– Merci.

Son aîné se penche pour examiner l'habitacle.

– On n'en fait plus des comme ça. Vous l'avez achetée combien ?

Après la pédagogie, place à la curiosité. Je réponds qu'elle n'est pas à moi : c'est un souvenir de mon parrain.

– Carte grise, assurance et permis de conduire ! aboie l'autre.

Et voilà : je vais poursuivre mon confinement en cellule, pour défaut de documents. Négligeant l'hystérie du gamin, je continue à m'adresser au gradé en ouvrant la boîte à gants.

– Le comte de Buire, vous l'avez connu ?

Son visage s'illumine.

– Ho ? Vous n'êtes pas le fils de Robert et Jeanne, quand même ?

– Si.

– Des gens si bien, mon Dieu… Et vous êtes revenu ? Mais c'est dans quel état, là-bas ?

– Ça ira. Je profite du confinement pour retaper.

– Quelle tragédie, mon pauvre, soupire-t-il en pesant de sa paume sur mon épaule.

– Merci.

Il reprend la carte grise des mains de son collègue, me la rend.

– Vous vous en êtes bien sorti, on dirait, ça fait plaisir. Je l'ai connu haut comme trois pommes, explique-t-il au jeune. Allez, bon confinement.

– Vous de même.

Je redémarre et tourne à droite. L'intermède m'a recadré. Ce regard d'un tiers sur mon enfance, ce souvenir ému de mes parents, ce chagrin sincère dans son œil et cette joie quand j'ai dit que j'allais restaurer les lieux… Je me laisse aller en roue libre sur la départementale. Que faire, sinon obéir à l'injonction ? Retourner squatter mon paradis perdu et présenter mes excuses à la femme que je ne vais pas cesser d'aimer, du jour au lendemain, sous prétexte qu'elle a le cerveau en surchauffe... Après tout, la réalité ambiante est devenue tellement dingue que tous les moyens sont bons pour en diminuer la toxicité. Le jeu de rôle est une parade comme une autre. Je ne serai pas plus malheureux en donnant la réplique à une amante un peu perchée qui se la joue corona-terroriste, qu'en retournant attendre le virus sur ma grille d'aération ou dans un centre de desserrement.

Je traverse le village aux rues désertes. Il est plutôt mieux que dans mon souvenir, moins rustique, plus pimpant. Toutes les façades ou presque sont repeintes, fleuries, décorées de chaudrons, panneaux solaires et webcams. L'info en continu s'échappe des fenêtres ouvertes :

– Je répète que la combinaison chloroquine-azithromycine marche à cent pour cent contre le virus, et qu'elle doit être prescrite sur-le-champ par les généralistes, dès les premiers symptômes !

On dirait la voix de mon ancienne belle-mère.

– Mais il ne vaut pas mieux, colonelle, attendre le résultat de l'étude en double aveugle qui, elle, respecte la méthode scientifique ?

– C'est ce que veulent les labos, qui nous préparent un vaccin hors de prix. Moi je fais de la médecine de guerre, pas du profit à long terme ! Je somme le Premier ministre d'abolir le décret indigne qui, pour discréditer cet antiviral trop bon marché, le réserve aux agonisants sous assistance respiratoire, à un stade où il n'y a plus de virus !

– Et sinon, qu'est-ce que vous proposez ? Un coup d'État militaire ?

– En tant que médecin comme en tant que soldat, mon devoir est de tout mettre en œuvre pour lutter contre ce qui menace la vie des populations !

– Merci, docteur, en duplex sur BFM-TV. On vous retrouve après la pause.

Je suis content pour elle. Sans l'opportunité de la pandémie, on n'aurait jamais ressorti du placard la médecin-colonelle Torrès, qui révulsait sa hiérarchie avec son franc-parler de psychiatre spécialisée dans les dommages de guerre. Mais, en état d'urgence, l'armée cesse d'illustrer son surnom de Grande Muette, lorsqu'il s'agit de fournir aux chaînes d'info des grandes gueules pour assurer l'audience.

Je rétrograde en franchissant un ralentisseur. Sur le rideau de fer du salon de coiffure, des lettres jaunes disent « À bientôt ! ». Silhouette unique sur le trottoir, le boulanger en tricot fariné fume une clope devant sa devanture, le seul commerce ouvert. Il tourne la tête en entendant le moteur, fronce les sourcils. Quand je m'arrête à sa hauteur, il détaille la vieille Jaguar, médusé. Puis moi qui en descends. À nouveau la voiture. Lorsqu'il revient dans mes yeux, je souris pour confirmer sa déduction.

– Lulu ? C'est pas vrai, c'est toi ?

Apparemment, Audrey ne l'a pas informé de mon rapatriement sanitaire. Il m'ouvre les bras. Lentement, j'enlace son odeur inchangée de tabac mentholé et de levain. Je n'oublierai jamais sa gentillesse et sa force protectrice, avant que l'assistante sociale ne m'enlève « pour mon bien » du foyer de secours qu'il m'avait offert entre sa femme et sa fille. Il a vieilli comme il est au fond de lui-même, sous ses allures de ronchon : bon comme son pain et droit comme un i.

– J'aurais jamais cru qu'un jour on te reverrait au pays, marmonne-t-il avec autant de réprobation que de tristesse.

– Moi non plus.

– Et qu'est-ce que tu es devenu, alors ? Toujours dans les bouquins, comme tu voulais ?

– En gros, oui. Des hauts et des bas, mais ça va… Et vous ?

– Je suis désolé, pour tes lettres. Je n'ai pas eu le courage de te les renvoyer.

Je déglutis, bouleversé par sa délicatesse bougonne. Je tente l'humour de connivence :

– Elle les avait ouvertes, au moins ?

Il me regarde avec une dureté soudaine. Après quelques secondes à me scruter, il laisse tomber :

– Tu veux les reprendre ?

Sa question me désarçonne autant que les larmes au coin de ses yeux. Peut-être qu'il est fâché avec sa fille, qu'elle est partie vivre sa vie sans lui donner de nouvelles. Il tire une bouffée pour meubler mon silence.

– Pourquoi tu es venu ici, Lucas ? Pour te confiner au vert ?

– C'était l'idée, oui.

Et j'ajoute, afin de vérifier ma supputation :

– J'ai toujours su qu'un jour, la vie me rendrait Audrey.

La cigarette tombe dans le caniveau. Il me dévisage en plissant les paupières. Ses lèvres tremblent tandis qu'il murmure :

– Lucas… Elle nous a quittés y a plus de vingt ans.

Les mots confirment mon pressentiment, mais le

ton ne correspond pas. Il baisse le front, écrase son mégot.

– La tempête de 99. Elle faisait le ménage à l'école… Le marronnier de la cour lui est tombé dessus.

Il replonge dans mon regard, les yeux noyés. Ses mains se referment sur mes poignets.

– Tu n'as pas su ?

J'ai repris la route dans un état second. Sans desserrer les lèvres, j'avais écouté le récit de l'agonie, regardé la coupure du journal local qu'il m'avait montrée, la photo d'une Audrey tout sourire sous sa blondeur ébouriffée, quasiment identique à celle avec qui j'avais fait l'amour deux heures plus tôt.

C'était quoi ? Un fantôme en chair et en os, une hallucination, une imposture ? Mais dans quel but, et pourquoi moi ? En engageant au pas la Jaguar dans l'allée défoncée, j'ignorais totalement ce qui m'attendait, comment j'allais me comporter face à l'indéniable, à l'impossible, aux faux-semblants.

Quand je suis sorti de voiture, la jeune femme débitait, avec la grande tronçonneuse de mon père, le peuplier couché en bordure de la terrasse. J'ai attendu que la lame arrive au bout de la branche charpentière pour signaler ma présence. Elle a coupé le moteur, posé l'engin, fait tomber d'un coup de pied le segment maintenu par l'écorce, et s'est assise sur ce qui restait du tronc. Essuyant la sueur de son front d'un revers de manche, elle m'a demandé avec un sourire détaché :

– Content de la promenade ?

Planté devant elle, les yeux dans les yeux, j'ai laissé mon silence lui donner la mesure de ce que j'avais découvert.

– OK, a-t-elle ponctué après trois secondes. Je vois que la boulangerie était ouverte. Tu aurais pu rapporter du pain.

Sidéré par son aplomb, sa désinvolture, je l'ai vue se relever, marcher vers moi à contre-jour, s'arrêter avec un long soupir. Sans que j'aie rien senti venir, elle m'a flanqué une beigne similaire à celle qui l'avait projetée dans la bergère Louis XV. Le cul dans la sciure, je l'ai regardée qui m'enjambait en décollant sa robe plaquée par la sueur sur ses cuisses.

– Comme ça on est quittes, et tu peux constater que je n'ai rien d'une apparition spectrale.

Rentrons, j'ai soif. Et tu as des tonnes de questions à me poser, je suppose. Faudra que tu retendes la chaîne, a-t-elle ajouté en désignant le tronc du peuplier.

Je me suis relevé, j'ai brossé mes fesses comme dans la vie normale, constaté le bien-fondé de sa remarque en examinant la tronçonneuse, et je suis allé la rejoindre dans la fraîcheur moisie de la cuisine.

– Vous êtes qui ? ai-je demandé en me rasseyant sur la chaise de tout à l'heure.

– Tu n'es pas non plus obligé de m'appeler madame.

– Comment on peut réussir une telle ressemblance ?

Elle a vidé trois fois dans l'évier le verre qu'elle remplissait au robinet, bu d'un trait le quatrième, et s'est retournée pour me répondre avec une sorte de tendresse :

– Y a pas vraiment de mérite. Dès qu'on se branche sur toi, c'est elle qu'on voit. Tu veux lui refaire l'amour ?

– Non merci. Je répète ma question : comment tu as fait pour prendre son physique, sa voix, sa mémoire ?

– Je les ai empruntés au vestiaire, on va dire. Ça lui a fait plaisir. Si ça peut te consoler, elle t'aime toujours, là où elle se trouve. Et elle est désolée que tu aies pu croire qu'elle t'avait zappé. Son père ne lui a jamais donné tes lettres, en fait : il s'était mis d'accord avec le facteur. Il voulait qu'elle t'oublie, qu'elle guérisse de ce drame familial qui ne la concernait pas, qu'elle tombe amoureuse d'un gars léger, bien dans sa vie, qui la rende heureuse… Il ne faut pas que tu lui en veuilles, à ce pauvre homme.

– On parle de toi, d'accord ?

– Tu m'interroges sur le fonctionnement de mon mimétisme, je te réponds. L'âme de ta petite Audrey, comme tu le vois, est encore très liée à son apparence passée comme à tes sentiments, et nous lui avons fait du bien, tout à l'heure. Si tu tiens à elle, ce n'est pas plus mal que tu continues à me désirer…

Ses doigts se sont mis à jouer dans l'échancrure de sa robe.

– Il ne faut pas que les scrupules t'arrêtent, Lucas. Je te rassure : tu ne fais l'amour qu'à une longueur d'onde, une projection mentale, un souvenir en 3D. Tout ce que je te demande, c'est que l'énergie circule entre nous, comme en ce moment… On y retourne ?

Mon poing s'abat sur la table. Elle lève la paume.

– D'accord, je n'ai rien dit. On peut aussi débiter les arbres ensemble et fendre les bûches avec les outils de ton père : il sera content. C'est déjà une telle joie pour lui, pour ta mère et ton parrain que tu sois revenu ici. Tu le percevras quand tu seras moins en colère.

– Tu es qui, enfin ? Tu es quoi ?

– Un faux espoir ou une vraie chance. Décide.

Mon élan de fureur et d'incrédulité s'est dissipé. Dix minutes plus tôt, les doigts crispés sur le volant, je me voyais étrangler l'usurpatrice. Là, je ne sais plus de quoi je lui en veux ou pas. Je suis ému, c'est tout. Sur mes gardes, mais désarmé.

– Comment tu t'appelles ?

– C'est imprononçable.

– Pourquoi tu t'es donné tout ce mal pour moi ?

– Parce que tu le vaux bien, comme dit l'une de vos publicités. J'assimile très vite, mais je n'ai pas une autonomie gigantesque, alors précise ce que tu veux savoir et passons aux choses sérieuses.

Son naturel me fait perdre pied, ses louvoiements et ses recadrages me laissent sans prise. Je tente de reprendre l'avantage en m'octroyant une part de mystère :

– Ça ne t'étonne pas que je sois revenu ?

– Et où irais-tu, banane ? Tu l'as vu : tu peux très bien t'échapper, si tu as peur de moi, si tu m'en veux, si je te répugne – je n'insisterai pas. Tu es libre d'aller te faire confiner ailleurs. Mais qui d'autre que moi redonnera un sens à ta vie, qui d'autre que moi te demandera ton aide ? Tu brûles d'envie de voir clair dans mon jeu, tu n'as rien à perdre, et tout à gagner si tu réussis à me convaincre.

– À te convaincre de quoi ?

– D'épargner ton espèce.

– Ah bon, tu remets ça ?

– Un peu de bon sens. Si je ne suis pas un fantôme, je suis quoi ? Une agente secrète style *Mission impossible*, une pro du camouflage qui t'a infiltré pour te manipuler dans l'intérêt supérieur de la nation ? Restons crédibles. Je viens d'ailleurs, Lulu, je suis une forme de vie différente, ça me paraît flagrant.

J'écarte les mains avec une moue, l'invitant à développer ses arguments. C'est fou comme l'esprit humain s'habitue à tout, même à l'inconcevable, pour peu qu'il s'inscrive dans la durée. Je commence à dissocier l'apparence familière que j'ai devant moi et la conscience inconnue qui s'en est emparée. Audrey est morte, la femme qui me fait face n'est qu'une copie conforme extraite de ma mémoire. Sa voix n'influence plus les phrases que j'entends : je pèse chaque mot, sans réminiscence, sans écho, sans affect. Je ne suis qu'attention froide, discernement concentré face à l'étrangère qui jusque-là est parvenue à m'abuser. Je réplique :

– Une forme de vie « différente », ça veut dire quoi ? Non humaine ?

– Je te laisse conclure.

Je la remercie. Les soucoupes volantes et les aliens, j'en ai soupé tous les soirs quand j'étais marié : c'était l'obsession de ma belle-mère. Je balance d'un ton net :

– Je n'ai jamais cru aux extraterrestres.

– Et moi je ne crois plus trop en ton espèce. À chacun de faire revenir l'autre sur ses a priori, non ?

– Très bien. D'où tu viens ?

– Ce qui importe, c'est ma présence ici.

– Alors, comment tu es arrivée ?

– Tu n'as pas le niveau scientifique ni les mots pour le comprendre. Restons pragmatiques.

– OK. Le coronavirus, donc, c'est toi.

– J'en suis l'auteure, oui. Du moins, c'est mon scénario qui a été retenu, de préférence à la destruction massive et sans délai. Ne me remercie pas, ce ne sera pas forcément plus simple à vivre pour vous. Mais beaucoup plus nourrissant, en ce qui me concerne.

– Comment ça ?

Elle prend une longue inspiration, pose son nez contre le bout de ses doigts.

– Je suis ce que tu appellerais une SPF, une sans-planète fixe. Une conscience en mouvement. J'explore, je collationne. J'ai longtemps erré au gré des univers et des systèmes solaires, jusqu'au jour où je suis tombée sous le charme de votre monde. J'y ai trouvé le gîte et le couvert en prenant pour hôtes vos premiers êtres unicellulaires, vos bactéries, vos algues, vos arbres, vos animaux – toute la chaîne d'évolution qui vous a précédés, avant de pouvoir me repaître de vous.

Je tique sur le mot. Elle confirme en abaissant lentement les paupières. Et sourit quand je recule malgré moi sur ma chaise.

– Qu'est-ce que tu imagines ? Que je vais t'arracher le cœur pour le faire revenir au beurre ? De toute façon, tu voulais mourir il y a moins d'une heure. Le cas échéant, mieux vaut choisir mes bras plutôt qu'un pylône, non ?

Je baisse les yeux. C'est devenu presque rassurant, pour moi, de n'avoir aucun secret pour elle. Au moins, je sais où j'en suis. Je n'ai plus à me chercher une attitude, une stratégie quelconque. Elle finit son verre d'eau et reprend :

– Comment te le dire sans te braquer, en m'adaptant à vos codes culturels ? Je suis une sorte de vampire affectif.

– J'avais remarqué, oui.

– Parenthèse : si je dis « je », n'y vois pas l'émanation d'un ego comme le vôtre. C'est un « je » d'humilité collective qui s'exprime à travers moi, le pendant du « nous » de majesté qu'employaient vos rois. Je parle au nom des miens.

– Et donc ?

– Et donc je me nourris d'intelligence, d'imagination, d'amour, et je suis arrivée au bout de vos réserves. Vous ne produisiez plus de quoi assurer ma survie – pire : vous alliez causer la disparition de votre écosystème, que vous appelez prétentieusement « l'environnement » alors qu'il vous a créés. Et vous étiez sur le point de vous autodétruire par l'appât du gain, le fanatisme et la bêtise haineuse… Alors, plusieurs options s'offraient à nous.

Elle se lève pour aller ouvrir la fenêtre à une mouche qui se cogne au carreau.

– Là, je dis « nous » car il s'agit de l'ensemble des civilisations allogènes fréquentant la Terre. Nous sommes très différentes les unes des autres, au niveau de la structure, de la psychologie, des centres d'intérêt et du régime alimentaire. Moi, je suis une philovore, une mangeuse d'amour.

Je me permets de lui faire observer que, sur le plan linguistique, son néologisme n'est pas étymologiquement correct : non seulement « philovore » serait plutôt un synonyme de boulimique, mais les puristes évitent d'assembler une racine grecque et une latine.

– Vous n'avez pas de mot pour me décrire ; je fais avec ce que je trouve. Mangeuse d'amour, donc. Mais tu as bien d'autres races : les dévoreuses de haine, de peur, de cupidité, de violence et de gâchis – elles ne sont pas aussi majoritaires qu'on pourrait le croire, mais bien mieux nourries que moi, ces temps derniers. D'où le réajustement nécessaire dont vous faites les frais aujourd'hui.

Elle referme la fenêtre et se retourne vers moi, les fesses appuyées contre l'évier.

– Dis-toi que votre planète est notre supermarché et que les étalages qui m'intéressent sont vides. Vous ne pensez plus à regarnir vos rayons d'amour, alors que ceux de la haine, les plus pillés, le sont constamment. Hors de question que je succombe à la dénutrition. J'ai donc proposé à la dernière conférence intergalactique qui vous était consacrée une motion de synthèse, qui a été votée de justesse : une épidémie mondiale destinée à remettre vos pendules à l'heure. Une pandémie susceptible de déclencher dans vos esprits le meilleur comme le pire. Mes opposants espèrent que vous sombrerez dans le chaos et les guerres civiles. Moi j'ai parié sur vous. Sur la prise de conscience, la solidarité, le rebond d'amour, l'union sacrée face à l'ennemi.

Elle est revenue s'asseoir en face de moi, m'a pris la main. Je me suis laissé faire. Sa peau était très froide, soudain, mais c'est moi qui me sentais fébrile. Comme si l'évocation du virus qu'elle était censée avoir créé m'en donnait les symptômes.

– En fait, j'ai pris à la lettre le souhait d'un de vos anciens chefs d'État, le comédien Ronald Reagan. Le 21 septembre 1987, lors de la 42e assemblée générale des Nations unies, il a déclaré à la tribune : « Avec les antagonismes du moment, nous oublions souvent les liens qui unissent les membres de l'humanité. Peut-être avons-nous besoin d'un danger universel extérieur afin de pouvoir mettre ce lien en lumière. J'ai parfois pensé à quel point les différences s'évanouiraient rapidement, si nous avions affaire à une menace étrangère à la Terre. »

Elle ponctue la citation d'une minute de silence. Elle attend un commentaire de ma part. Je me contente de répondre :

– Il aurait dû rester comédien.

– Et il a conclu : « Encore que je pose la question : cette force étrangère n'est-elle pas déjà parmi nous ? »

Je reprends ma main, me gratte le nez.

– Et la réponse était oui ?

– C'est vous qui êtes arrivés quatre milliards d'années après nous, mon ange.

– Et donc, si on en revient à la pandémie…

Elle passe la main dans ses cheveux, effile une mèche du bout des ongles.

– Évidemment, pour l'instant, ma responsabilité dans son déclenchement n'est pas connue du grand public. Seuls sont au courant certains de vos gouvernants, ceux qui ont pactisé avec les pires d'entre nous en échange de secrets technologiques mineurs – les pauvres, s'ils savaient combien ils se sont fait arnaquer sur les armes prétendument suprêmes qu'on leur a refilées… Non, la divulgation au grand jour du contrat de confiance viral que je propose à ton espèce, ce sera l'une de tes missions, si tu l'acceptes. Mais tu ne seras pas le seul, je te rassure : d'autres que toi reçoivent le même genre de formation accélérée, en cet instant.

– Combien ?

– Beaucoup. Tu sauras les repérer quand tu sortiras d'ici, à l'issue du confinement.

– Ce sera quand ?

– La fin de la pandémie dépend de vous. Du temps que vous mettrez à vaincre le déni, la panique, le désespoir, la peur de l'autre et de vous-mêmes, à les convertir en amour. Pour assurer votre survie. Si mon scénario ne porte pas ses fruits, d'autres scénaristes prendront la relève et vous serez rayés du monde.

– L'apocalypse nucléaire ?

– Ça, jamais. Nous ne sommes pas suicidaires.

Elle allonge le bras, prend une barquette de haricots et commence à les équeuter.

– La Terre nous est indispensable, Lulu, pas les Terriens. Vous êtes un luxe dont il sera toujours possible de se passer, en renouant avec les habitudes alimentaires que nous avions jadis, avant l'émergence d'*Homo sapiens*. Pendant des milliards d'années, nous nous sommes nourris des émotions minérales, végétales, animales : nous nous portions très bien, et la Terre encore mieux. Depuis votre folie d'Hiroshima qui a perturbé les galaxies les plus lointaines, nous savons désamorcer toutes les initiatives de ce genre, sans parler des catastrophes involontaires liées à vos centrales nucléaires. Vous en avez eu maints exemples.

Je ponctue d'une moue. Tchernobyl et son uranium bizarrement transformé en simple aluminium, Fukushima et son combustible siphonné selon certains par un ovni en vol stationnaire, les dizaines de missiles américains et anglais mis hors service de manière inexplicable par des phénomènes lumineux, nos centrales nucléaires vieillissantes survolées en 2014 par des drones non identifiés – j'ai eu tous les dossiers en main entre la poire et le fromage, chez ma belle-mère, sans que ça affecte ma digestion ni mon approche cartésienne.

– Comment vous nous détruiriez alors ?

– Comment *vous* vous détruiriez. Par des moyens simples que vous avez mis en œuvre, comme le réchauffement climatique. En dégelant, les sols de l'Arctique libéreront dans l'atmosphère les virus d'autrefois, vous offrant un condensé express de toutes les pandémies qui vous ont décimés au fil des millénaires : la peste, le choléra, la grippe espagnole et bien d'autres encore, sorties de vos mémoires et dont vous n'imaginez même pas l'efficacité foudroyante, décuplée par la mondialisation.

Rêveuse, elle caresse sa joue avec un haricot.

– Ça, vous le regretterez, mon Covid-19... Il n'aura été qu'une répétition générale dont on néglige de tirer les leçons, un exercice d'alerte aussi foireux que balayé par la joie festive d'une victoire illusoire. Oui, mon Lulu. Si vous vous contentez, une fois déconfinés, de réparer vos dommages de guerre contre un virus – comme se préparent déjà à le faire, sans remédier aux causes du conflit, vos marionnettes gouvernementales et leurs tireurs de ficelles brandissant la promesse du vaccin miracle –, ce sera la fin du guignol. Et l'aventure de la Terre continuera sans vous.

Elle pousse un long soupir, me dévisage avec une sorte de nostalgie préventive.

– Tu sais, ce n'est pas contre toi, mais les plantes et les animaux, en matière d'émotions, sont aussi nourrissants que ton espèce… Il manquera la touche gastronomique, je te l'accorde. Mais ça réduira le gâchis.

Elle saute sur ses pieds, comme ragaillardie par ses derniers mots.

– Allez, viens, le jour baisse. Il faut qu'on rentre du bois pour ce soir.

Mes jambes se déplient malgré moi. Elle s'approche, m'entoure de ses bras comme on enlace un arbre.

– Si tu savais comme j'aime ton amour pour Audrey… La façon dont je l'ai réveillé, et dont il s'amplifie encore depuis que tu as découvert la vérité.

– Sur toi ?

– Sur elle. Depuis que tu l'as perdue après avoir cru la retrouver. Si seulement tous les hommes réagissaient ainsi…

Elle se détache, avec dans les yeux le reflet de mes larmes. Je murmure :

– Tu perds ton temps avec moi.

– Non. J'adore les passions humaines. C'est mon plat de résistance.

Elle lève la main vers mon visage, dessine du bout de l'ongle un sourire sur mes lèvres.

– Ce qui vous arrive sert à vous rappeler qui vous êtes. Je suis désolée de ce que je vous inflige, en ce moment. Mais il fallait que la planète ferme pour que les cœurs s'ouvrent.

J'enfonce le coin, j'abats la cognée, je refends le bois et je recommence, jambes arquées au milieu des bûches entassées qu'elle charge dans la brouette. Au fil des gestes dont mon corps a si vite retrouvé la mémoire, je repasse ses phrases en boucle dans ma tête. Un mélange de révolte et d'adhésion nuance mon jugement initial. Tout son discours est à dormir debout, certes, mais il se greffe sur une situation planétaire tellement surréaliste qu'il en devient, sinon crédible, du moins conforme à la folie ambiante. Si la Troisième Guerre mondiale est déclarée par l'humanité tout entière à un virus inédit, alors oui, pourquoi ne pas donner raison à Ronald Reagan ?

– Encore une brouette, dit-elle en revenant du château, et on est bons pour quinze jours. Ensuite, il fera meilleur.

Je lâche la cognée, me pose sur la souche du peuplier.

– Comment tu l'aurais fabriqué, alors, ce virus ?

Tout en alignant les bûches dans la brouette, elle répond sur un ton encore plus détaché que tout à l'heure :

– J'ai conçu un scénario à la fois limpide et tortueux à souhait, avec toutes les ramifications possibles, les vraies fausses pistes, les apparences trompeuses et les invraisemblances qui n'en sont pas, en vue de respecter votre libre arbitre et de stimuler vos capacités de réflexion.

– Mais encore ?

– C'est un vrai fourre-tout, mon scénar. Le point de rencontre de toutes les calamités que vous infligez à la Terre, incluant le massacre des animaux, les manipulations virales au sein des laboratoires, la course aux vaccinations lucratives, l'activation de la 5G aussi dangereuse qu'une pandémie, la stratégie des banques centrales pour s'emparer des entreprises paralysées par le confinement, et le contrôle mental des populations que permet l'état d'urgence sanitaire.

– Tu peux préciser ?

– Je vais. Comme tu le verras, j'ai fignolé un

concours de circonstances tellement chargé de coïncidences suspectes, d'indices complotistes et de synchronicités à messages qu'il en devient caricatural, et pourtant les faits sont là.

Elle pose la dernière bûche de peuplier au sommet de la pyramide dressée dans sa brouette.

– Je te résume. J'ai fait apparaître votre « nouveau virus » en 2019 dans la ville de Wuhan, comme l'avait écrit dix ans plus tôt le romancier Dean Koontz. Dans *The Eyes of Darkness*, il en faisait une arme biologique hautement contagieuse, fabriquée par un laboratoire de style P4 – semblable à celui que votre Institut national de la santé et de la recherche médicale a inauguré en 2017 à Wuhan… Eh oui, question cruciale que j'ai remise à l'ordre du jour : l'imaginaire perçoit-il la réalité future, ou bien la crée-t-il ? Les premières contaminations sont apparues sur un marché d'animaux sauvages, de sorte qu'on a pu accuser la chauve-souris et le pangolin d'en être les agents transmetteurs. Mais Wuhan, c'est aussi, comme par hasard, la ville désignée par le gouvernement chinois en 2019 comme zone de démonstration officielle de la 5G. La plus toxique des couvertures électromagnétiques que vous ayez inventée, elle-même « couverte », peut-être, par le déploiement du coronavirus destiné à en masquer les effets secondaires – alors que, dans le même temps, elle amplifie la charge virale. Sans parler des deux krachs boursiers de 2019, dont le confinement planétaire aura permis de dissimuler l'impact et de multiplier discrètement la fortune des responsables. Tu me suis ?

– Attends, c'est du complotisme !

– Aussi, oui, je t'ai prévenu. C'est très commode, le complotisme. C'est une vaste décharge à ciel ouvert, où il est difficile de pratiquer le tri sélectif. L'hystérie des extrémistes et les élucubrations paranos y neutralisent par contagion les alertes dérangeantes, les vérités illicites, les arguments trop convaincants pour être réfutés autrement que par l'opprobre et l'amalgame.

– Donc, si je comprends bien, tu as conçu un scénario avec tout et n'importe quoi – c'est à nous de lui donner un sens, de trouver les coupables. À titre de distraction, en somme. Comme un jeu de société, pour qu'on s'occupe les méninges tout en crevant sous cloche.

– Du moins pour vous empêcher de mourir idiots, si vous en tirez la leçon. Vous permettre d'assurer le maintien de votre espèce en donnant des gages d'évolution. Vivre en *bonne* intelligence, Lucas, c'est tout ce que je vous demande.

– C'est sûr que le confinement, ça va beaucoup aider.

– Ça, je n'y suis pour rien. C'est l'immense majorité de vos gouvernants qui a choisi cette option moyenâgeuse – tellement séduisante, j'en conviens. La tentation de la dictature sanitaire, dans l'intérêt des citoyens, c'est le fantasme de tout homme de pouvoir. Plus de manifs, plus d'opposition, d'assemblée démocratique... Le rêve. Moi, j'espérais une autre forme d'union sacrée. Le dépistage généralisé, les traitements immédiats pour tous – ils existent, mais ils ne coûtent rien, alors les fabricants du vaccin futur, qui tiennent vos dirigeants par les bourses au double sens du terme, se sont arrangés pour les retirer du marché, avant que les malades ne se ruent sur eux. Exemple : la chloroquine, chère à ta belle-mère, qui soigne des milliards de personnes depuis soixante ans et que vos « autorités de santé » ont décidé de classer dans les substances vénéneuses, dès le début de la pandémie... – on n'est jamais trop prudents.

– C'est en train de changer, non ? D'après ce que j'ai entendu au village...

– J'espère pour vous. Mais je n'ai pas la science infuse, tu sais, ni la connaissance de l'avenir. C'est vous seuls qui déciderez de votre sort, à partir d'une expérience planétaire totalement inédite. Vous avez connu les déportations massives et les afflux de migrants, jamais encore la séquestration universelle à domicile. La privation de tout ce qui donnait du lien, du plaisir et du sens à la vie. On verra ce que ça changera dans vos comportements. C'est votre ultime chance, non pas de gagner la guerre contre un virus, pauvres cloches, mais de faire la paix avec la Terre. Je vous ai conduits à une trêve de printemps : réduction massive de la pêche industrielle, du génocide animal, de la déforestation, des guerres et de la pollution. Regardez les relevés atmosphériques, l'état du ciel, des eaux, de la faune et de la flore. Ça préfigure ce qui rentrera définitivement dans l'ordre après votre extinction, si vous ne saisissez pas l'opportunité que je vous offre.

Elle pose le pied sur la souche près de ma cuisse, se penche pour coller son front au mien. Sa voix s'est lézardée, sa peau ne sent plus rien, ses traits sont brouillés, ses yeux n'ont plus d'éclat. Elle parlait de « faible autonomie », tout à l'heure. On dirait qu'elle se décharge à vue d'œil, comme si la qualité de son apparence était liée aux sentiments qu'elle m'inspire. Depuis que je ne la regarde plus en tant qu'Audrey, elle peine à maintenir la ressemblance. Je recule machinalement, assailli d'images de science-fiction, de tentacules qui jaillissent de son décolleté...

– Tu as peur de moi, maintenant ? se moque-t-elle. Tu as peur de quoi ? Que je me transforme en pieuvre comme dans une série B, ou que je te laisse seul avec tes refus, tes blocages, tes lâchetés ?

Je soutiens son regard, défiant ses pouvoirs, ses déductions, ses sarcasmes.

– Admettons que je te croie, que tu sois vraiment une alienne alliée...

– Jolie allitération.

– Ta gueule. Si ta race voulait nous sensibiliser, ce n'était pas plus simple d'apparaître au grand jour, officiellement, de débarquer en soucoupe volante aux quatre coins de la planète ?

– Nous l'avons fait, chouchou. À la fin de votre Seconde Guerre mondiale, nous sommes allés trouver chacun de vos principaux dirigeants, par courtoisie, respect de la hiérarchie et refus de déclencher des paniques populaires. On a vu le résultat. Ils nous ont accueillis à bras ouverts et à huis clos, en échange de secrets technologiques, d'accords commerciaux et de clauses de confidentialité.

– Tu as décroché de jolis contrats ?

– Regarde où vous en êtes. Ils ont préféré traiter avec d'autres civilisations moins avancées mais plus toxiques, à leur image. Je suis une gentille exilée des Pléiades, moi, pas un petit gris des galaxies naines, une grosse méduse invasive d'Alpha du Centaure, un reptilien des nébuleuses d'Orion… Tous vos pseudo-maîtres du monde ont joué les collabos en croyant affermir leur pouvoir, et maintenant qu'ils sont réduits à l'impuissance, ils s'apprêtent à nous laisser les clés de la Terre en échange d'un statut de réfugié politique sur une planète d'accueil. Franchement, vous êtes la honte de la Voie lactée. Je suis seule à plaider encore votre cause à l'Organisation des Planètes unies, à opposer mon veto à la solution finale. Alors, puisez dans vos réserves d'amour, de solidarité, de révolte contre ceux qui se sont enrichis de votre ignorance, et qui aujourd'hui mettent à profit la pandémie comme un argument commercial pour nous vendre une Terre allégée en bouches inutiles. Donnez-moi des signes… Donnez-moi des raisons de croire de nouveau en vous.

– Ça va stopper le massacre ?

– Mon Covid-19 est terriblement contagieux, mais il est bénin, je t'ai dit, sauf dans ses conséquences spectaculaires dues à des maladies préexistantes, aux pollutions ou à la malbouffe, mais surtout au stress et à la panique entretenus par votre gestion médiatique de la pandémie. C'est vous, pour l'instant, qui rendez ce virus fatal.

Je balance la cognée à ses pieds, indigné.

– Ah oui ? Et les milliers de personnes qu'il tue dans les hôpitaux saturés ?

– Elles meurent *avec* le virus, mais pas forcément *du*. Seulement, on a besoin de les comptabiliser pour justifier le confinement.

– Tu cherches à te disculper, là ?

– Non, j'attaque. Les patients décèdent surtout de maladies nosocomiales véhiculées par les systèmes de clim à bas prix, comme en temps normal. C'est la surpopulation dans des unités insuffisantes qui augmente le nombre des victimes. Sans compter la pénurie de masques qui contamine les soignants, lesquels répandent à leur tour le virus de lit en lit. Ce qui est mortifère, c'est votre politique d'économies en matière de santé. Le virus n'en est que le révélateur. Je l'ai conçu comme tel. À présent, c'est aux gens comme toi d'arrêter le massacre en construisant un autre type de société, un autre rapport avec la planète.

J'ai du mal à retenir un ricanement dérisoire.

– C'est ça. Le sort de l'humanité est entre les mains d'un SDF de La Motte-Picquet.

– Sans vouloir te vexer, Lucas Norden, pendant que je débite un peuplier en ta compagnie, je me trouve avec des milliers de personnes en même temps, sous une apparence différente et dans un autre domaine de compétence.

– Comment ça ?

– L'onde de forme qui me constitue s'est répartie entre tant d'élus, tout autour de la Terre, que vous finirez bien par assembler les pièces de mon puzzle pour composer un monde nouveau.

– On ne doute de rien, dans les Pléiades. Et c'est quoi, mon « domaine de compétence » ?

– La thérapie sonore. Le procédé mis au point par ton parrain, qui aurait pu changer la face du monde si on ne l'avait pas tué.

Je me relève d'un bond. Elle m'arrête d'une main sur le plexus.

– Mais il n'est pas trop tard, dès lors que tu reprends le flambeau. Tu as envie de quoi, pour dîner ?

Je l'ai regardée filer vers le château avec la dernière brouette de bûches, comme s'il y avait pour elle urgence à interrompre notre discussion, afin de me laisser méditer ses paroles. La thérapie sonore. Tout ce que cela m'évoquait, c'était l'infection intestinale que Charles de Buire m'avait soignée au piano en 1993, en me jouant trois fois par jour ce qu'il appelait la « contre-mélodie de la gastro-entérite ». Ancien chercheur à l'Institut Pasteur et passionné de musique, il avait consacré sa retraite à lancer des passerelles entre ses deux centres d'intérêt. L'ayant toujours pris pour un doux illuminé, j'avais imputé ma guérison immédiate aux antibiotiques prescrits par le médecin du village. La sans-planète fixe m'avait-elle amené ici pour me faire trouver un remède musical à son coronavirus ?

À ce stade de la situation, effrayé de ressentir une sorte de logique à l'œuvre derrière cet assemblage d'éléments irrationnels, j'avais besoin d'un regard extérieur. D'une réaction à chaud. Le choix de la personne s'est imposé d'emblée.

J'ai sorti d'une poche intérieure de ma parka le petit portable à clapet qui ne sonnait jamais. Quand, au moment d'emménager dans la rue, j'avais effacé mes contacts et résilié tout ce qui me rattachait à ma vie d'avant, je m'étais acheté ce modèle bas de gamme sans forfait, en cas d'urgence ou d'agression. Je n'avais donné le numéro qu'à mon ex-épouse, afin d'éviter qu'elle ne remue ciel et terre pour me retrouver à cause d'un souci administratif. Mais je n'avais reçu qu'un message vocal pour mon anniversaire, le 19 janvier, et un sms de sa mère le mois suivant pour m'inviter à sa Légion d'honneur – j'avais décliné au motif que j'étais « en déplacement ».

La colonelle décroche à la troisième sonnerie.

– Bonjour, Solange, c'est Lucas Norden.

– Tiens, un revenant. Que me vaut le dérangement ?

Je ne m'arrête pas à son ironie grommeleuse. On ne se supportait guère dans la vie quotidienne, vu que mon domicile conjugal était le rez-de-chaussée de sa villa, mais elle m'a toujours respecté parce que sa chienne Rafale, une malinoise qui ne laissait entrer personne, s'était couchée devant moi dès le premier jour. Et elle m'a su gré de divorcer pour libérer sa fille du boulet social que j'étais devenu. M'éloignant vers l'étang, je m'efforce de lui répondre sur le même ton :

– Vous allez être contente, je me suis fait enlever par une alienne.

– Pas maintenant, je vous rappelle.

Je suis resté coi, dans les bips du raccrochage. C'est pourtant un sujet sensible, pour elle. *Son* sujet. Elle était jeune psychiatre au Service de santé des armées quand, en 1977, on lui a envoyé pour expertise le commandant d'escadron Giraud et son copilote le capitaine Abraham. En mission d'exercice à bord d'un Mirage IV porteur d'une bombe nucléaire, ils avaient été coursés par une sphère lumineuse qui volait à plus de 6 000 km/h, enchaînant comme par jeu figures acrobatiques et manœuvres d'intimidation, effectuant des virages à 180°, apparaissant tantôt sur la droite, tantôt sur la gauche. Solange les avait trouvés tout à fait sains d'esprit et s'était portée volontaire pour examiner, dès lors, tous les témoins militaires relatant ce type d'observations.

En 1995, avec un groupe d'étude supervisé par le général Denis Letty, elle avait cosigné le rapport Cometa, un dossier complet sur ce qu'elle appelle les Pans – phénomènes aériens non identifiés – et les Eubéeus – entités biologiques extraterrestres. L'Institut des hautes études de défense nationale avait remis le rapport au président Jacques Chirac et au Premier ministre Lionel Jospin. Conclusion du général Letty : « L'hypothèse extraterrestre est de loin la meilleure hypothèse scientifique. C'est celle qui cadre le mieux avec les phénomènes observés. » Ça ne m'avait pas surpris : j'ai toujours pensé que les militaires utilisaient le folklore ovni pour masquer le développement des armes secrètes humaines.

Je regarde mon téléphone qui vibre. Numéro masqué. Je prends.

– C'est moi, sur ligne sécurisée. Vous me faites quoi, un poisson d'avril anticipé ?

– Je suis sérieux, Solange…

– « Colonelle » sur cette ligne. Je lance l'enregistrement. C'est bon, vous pouvez parler.

– Si je vous téléphone, colonelle, c'est que j'ai toujours été cartésien, vous me connaissez. Mais là, je suis face à un vrai problème et je n'ai pas le mode d'emploi.

– Vous êtes monté dans une soucoupe ?

– Non, elle était en voiture.

– Qu'est-ce qui vous fait croire que c'est une Eubéeue ?

– Elle sait tout de moi.

– Je ne vois pas l'exploit.

– Et elle dit qu'elle vient des Pléiades.

– Quelle planète ? Erra, Ptaah, Quetzal ?

– Elle n'a pas précisé.

– Vous avez eu des contacts physiques ?

– Oui.

– De quel genre ?

– Varié.

– Oral, tactile, sexuel ?

– Un peu tout.

– À quoi elle ressemble ?

– À ma première petite amie.

– D'accord. Elle est en train de vous jouer *Rencontres du troisième type* pour vous remettre le grappin dessus.

– Mais pas du tout, je viens d'apprendre qu'elle est décédée depuis vingt ans !

– Écoutez, ce n'est pas le moment idéal pour me déconcentrer avec vos plans cul : je suis à l'antenne dans cinq minutes pour parler du virus.

– Justement ! Elle me dit que c'est elle qui... Allô ? Solange ?

Elle a raccroché. En fait non, c'est ma batterie qui est morte. J'essaie de rallumer le portable pour la troisième fois, quand un hurlement retentit dans le château. Je me précipite. Dans la cuisine, je trouve l'Eubéeue grimpée sur une chaise, cramoisie, haletante, un doigt tremblant pointé vers le matou décharné qui boulotte une terrine de légumes sur l'évier. Ce spectacle surréaliste m'emplit d'une joie revigorante. Je lui lance avec suavité :

– Y a pas de chats sur ta planète ?

Elle me réplique d'une voix véhémente :

– C'est ta copine qui était allergique aux poils ! Elle me fait une crise de panique !

Mon hilarité s'enraye aussitôt dans le souvenir d'une scène similaire, un jour où l'on flirtait dans les bois. J'attrape le chat et la terrine, les dépose dehors, referme la porte-fenêtre. Je vais me laver les mains, puis je reviens prendre par la taille l'effigie pantelante de ma pauvre Audrey, la redescends de sa chaise. Elle se plaque contre moi en reprenant son souffle. J'ai beau savoir que ce n'est qu'un emballage-souvenir, le contact de son corps et la douceur de son parfum me font replonger dans une émotion de retrouvailles.

Elle se détache en rajustant sa robe, tapote mon épaule d'un air à nouveau placide et se dirige vers la casserole qui bout.

– Tu as eu raison d'appeler ta belle-mère, dit-elle en baissant le gaz sous les haricots. C'est bien que tu aies mesuré la difficulté de te faire entendre, même auprès d'une convaincue.

Pour couper court à son sourire espiègle, je lui réponds qu'elle aurait été mieux inspirée de s'adresser directement à elle.

– Qui te dit que je ne l'ai pas fait ?

Je la regarde tourner une spatule en bois dans la casserole.

– Ah oui ? Et sous quelle forme ? Pas besoin de déguisement avec elle : tu peux sortir les écailles, les tentacules ou le crâne d'œuf.

– Restons concentrés sur toi, si tu veux bien.

Pas mécontent de l'avoir vexée, je la ramène à notre discussion précédente pour lui demander en quoi, d'après elle, la « thérapie sonore » relèverait de mon domaine de compétence.

– Ouvre une sauce tomate et va préparer le feu, j'arrive. Jus de pomme ou d'abricot ?

Le peuplier crépite dans la cheminée. À la lueur des bougies et des lampes à huile, elle me décrit, tout en me resservant de haricots verts bolognaise, le principe d'un générateur produisant des fréquences sonores qui agissent sur les molécules d'eau de notre organisme. Pour tuer un virus, par exemple, il suffit de créer, par résonance cellulaire, des conditions électromagnétiques empêchant son développement.

– Ton parrain était aussi génial que naïf. En 1994, en pleine bataille juridique autour du vaccin contre l'hépatite B, accusé de favoriser la sclérose en plaques, il a envoyé à ses anciens employeurs sa technique d'éradication musicale du VHB.

– Je me rappelle, oui. Il l'avait testée sur ma mère.

– N'ayant pas reçu de réponse, il a eu le tort de transmettre ses travaux à divers laboratoires privés. Il voulait offrir au monde une thérapie gratuite et sans effets secondaires – aberration qui aurait torpillé le marché des vaccins.

– On ne l'a quand même pas tué pour ça ?

Elle laisse passer quelques secondes en me dévisageant tristement, la bouche pleine.

– Et pour quoi d'autre ? C'était une exécution programmée, mon Lulu, pas un cambriolage qui tourne mal. Beaucoup ont connu le même sort en inventant des transmetteurs d'électricité sans fil ou des moteurs à eau. Il avait construit deux prototypes. Celui sur lequel il enregistrait les sérums sonores, au pied du piano, ses meurtriers s'en sont emparés. Le second, lorsqu'il avait reçu des menaces anonymes, il l'avait caché dans la forêt. À toi de jouer.

– C'est-à-dire ?

– Il y a plus malheureux que toi, par les temps qui courent. Ton confinement, ce sera une chasse au trésor.

Je revois le vieil homme en veston de velours, la pipe vissée au coin de la moustache, qui tentait en vain de m'initier à des secrets acoustiques auxquels je ne comprenais rien. La musique, pour moi, c'était la bretelle de la robe d'Audrey qui glissait quand elle jouait du Mylène Farmer sur le piano de la tour. Sinon, tout ce qui m'intéressait, en dehors des coups de main donnés à mon père dans le parc ou à ma mère en cuisine, c'était la bibliothèque du comte, mais je n'y empruntais que les romans abandonnés par son fils quand il avait déménagé en Guadeloupe.

– Arrête-moi si je t'ai mal comprise. Ce que tu attends de moi, c'est que j'enraye, par une mélodie antivirale, l'épidémie que tu as déclenchée ?

– Exactement.

– Sauf que, ai-je précisé en m'essuyant le menton taché de sauce, mon seul domaine de compétence, comme tu dis, c'est la langue française. Tu t'es trompée de personne, Pléiade.

Pour un amoureux des belles reliures, ce n'était pas désagréable de l'appeler par le nom du groupe d'étoiles dont elle se disait originaire. Ça sonnait mieux que l'acronyme Eubéeue employé par l'Armée de l'air. Elle s'est rencognée dans le vieux fauteuil Voltaire que personne n'avait utilisé depuis que, l'année de mes treize ans, la comtesse était partie rejoindre son fils en Guadeloupe. À la clarté vacillante des flammes et des lampes à huile, elle avait l'air de plus en plus floue, détourée, absente. Peut-être allait-elle finir par se résorber, à court d'énergie amoureuse. J'observais le processus avec une vague appréhension. J'imaginais ce que j'éprouverais en me retrouvant seul dans ce château désaffecté auquel elle avait rendu vie, seul dans ces souvenirs à l'abandon privés de la vigueur surnaturelle qu'elle y apportait. J'ai pensé par avance aux regrets d'être passé à côté d'une rencontre que mes préventions m'auraient empêché d'approfondir.

– Il y a des épidémies, aussi, sur ta planète ?

– Ce n'est pas le sujet.

Elle s'est levée avec effort, est allée s'appuyer à la fenêtre de derrière, où la pleine lune commençait à émerger de la forêt.

– Demain, avec la débroussailleuse, il faudrait que tu dégages les allées d'autrefois, que tu retrouves leur tracé…

Elle suivait son idée sans tenir compte de mes objections, dont la pertinence me paraissait du coup moins flagrante. J'ai soupiré en m'étirant :

– Je suppose que tu sais où il est, ce prototype.

– Si je te le disais, ça diminuerait tes mérites et ta valeur nutritive, mon amour. C'est à toi de découvrir sa cachette. De comprendre son fonctionnement, puis de trouver une manière de l'offrir au monde sans y laisser ta peau.

Et, en guise d'au revoir, elle a plaqué trois notes sur le piano désaccordé avant de monter lentement les marches. Je n'ai rien fait pour la retenir. Il me semblait que sa silhouette avait commencé à s'estomper avant même d'atteindre la pénombre lunaire de la cage d'escalier.

*

J'ai fini mon assiette, j'ai tisonné les braises, empoigné l'une des lampes à huile, et je suis retourné dans la bibliothèque. La lumière était trop faible pour que je commence à inspecter les rayonnages. Il faisait glacial, et j'ai hésité à aller dormir près du feu.

Une intense fatigue m'a fait tomber sur la couette bleue dévastée par notre étreinte de l'après-midi. L'oreiller avait gardé le parfum d'Audrey et j'y ai laissé couler mes larmes. Je pleurais autant sur son destin si bref que sur l'illusion de l'avoir retrouvée inchangée. En moins de douze heures, la sans-planète fixe qui avait pris son apparence m'avait rendu les lieux de mon enfance, la force vive d'un amour perdu et l'envie de redevenir quelqu'un. Peu importe qu'elle existe réellement ou non : le défi qu'elle m'a lancé, l'énergie de vengeance qu'elle a réactivée en moi par son explication du triple meurtre ont suffi à ressusciter Lucas Norden.

J'ai enchaîné les rêves où se mêlaient mes parents, mon parrain, les deux femmes de ma vie et quelques visages d'élèves. Aucune image de ma dernière année, de ce lâcher-prise sur le trottoir où les jours n'avaient d'autre sens que la répétition de leur vacuité, d'autre saveur que la provocation revancharde d'un naufrage en public, d'un suicide au long cours.

Elle est venue me rejoindre au milieu de la nuit. D'une voix douce et meurtrie, elle m'a demandé si je préférais qu'elle reparte. Je lui ai ouvert la couette. Et, lentement, longuement, nous avons aimé Audrey dans son corps de jadis, comme un trait d'union, une prière de chair qui rendait grâce au passé et m'ancrait dans le présent pour y changer l'avenir.

Je me suis réveillé seul dans un rayon de soleil. Il y avait un Thermos sur le bureau face à la bibliothèque, un bol, des biscottes et du miel. Les souvenirs de la veille sont venus se ranger en désordre dans mon cerveau embrumé. Le manque d'alcool me donnait un léger tremblement dans les mains, mais ma pensée était d'une clarté cinglante. Je n'avais pas envie de perdre mon élan en essayant de dissocier la vérité de l'illusion, le réel du faux-semblant : je ne trouverais de réponse que dans l'étude et l'action. Dans le devoir de mémoire et de justice à rendre, dans le défi que j'avais décidé de relever.

Le tintamarre d'oiseaux s'est tu quand j'ai ouvert la porte-fenêtre. Un son lointain de débroussailleuse me donnait des nouvelles de ma coach.

L'appellation m'était venue spontanément, neutre à souhait. Sans doute me préparait-elle la forêt comme, la veille, elle nous avait changé les draps. Je suis sorti sur la terrasse faire des assouplissements. Ma première nuit dans un vrai lit depuis onze mois m'avait laissé des courbatures inédites. La mollesse du matelas. Ou les séquelles de l'amour, dont je ne gardais qu'un vague remords endeuillé qui s'est dilué dans le café noir. Le fait d'avoir renoué avec Audrey, même par procuration et à titre posthume, atténuait, de gorgée en gorgée, la douleur de l'avoir perdue une seconde fois. Je me racontais sans doute des histoires, mais c'est vrai que, dans mon cœur, je la sentais *contente.* Et, surtout, en attente de ce que j'allais faire de l'énergie adolescente qui, grâce à nos souvenirs réactualisés, était remontée en moi.

J'ai pris une douche glacée et je suis revenu me mettre au travail. Le bruit de la débroussailleuse était remplacé par des gammes dissonantes : elle accordait le piano. Une force enthousiaste et traqueuse, que je n'avais plus ressentie depuis mes années d'enseignement, m'a dirigé vers les rayonnages de livres anciens consacrés à la virologie, au décryptage des génomes, au langage des fréquences… Dans chaque livre abondamment corné par Charles de Buire, il y avait presque autant d'annotations de sa main que de lignes imprimées, et ses pattes de mouche étaient bien plus compréhensibles pour moi que la pensée des savants qu'il traduisait en applications pratiques. Son sens de la synthèse et ses renvois à d'autres ouvrages me faisaient composer des piles organisées où je piochais résultats, hypothèses, confirmations et remises en cause.

D'après ses fiches, c'était dans le potager que mon parrain avait commencé à tester l'effet de ses remèdes sonores. Ayant découvert que chaque protéine émet une onde particulière, il en avait converti la fréquence en notes de musique. Et il avait fait entendre aux plantes leur propre partition, augmentant ainsi de 60 % leur croissance et leurs défenses naturelles. Par son orchestration d'une protéine antisécheresse, il avait réussi notamment à faire pousser des salades sans eau, tandis qu'une autre mélodie permettait d'inhiber les virus des tomates avant même qu'ils n'aient entamé leurs ravages.

Mais l'industrie agroalimentaire n'avait pas accordé la moindre attention à ces réussites impressionnantes qui, susceptibles de remplacer engrais et pesticides, ne généraient aucun bénéfice. Alors Charles, transposant et réorchestrant, avait adapté ses thérapies musicales aux virus affectant les humains.

– À table !

J'ai relevé la tête de mes notes. Quatre heures étaient passées, sans que la moindre fatigue ni l'appel de ma vessie n'aient troublé ma concentration. Sitôt avalé un plat de graines arrosé de jus d'abricot, ma coach m'a entraîné dans la tour où, à partir du séquençage ARN de son coronavirus, elle m'a joué les fréquences qui en stopperaient le développement dans les cellules humaines – mélodie que je n'aurais plus qu'à enregistrer sur le générateur, lorsque j'aurais mis la main dessus.

– Tu te sens fiévreux ? s'est-elle enquise après avoir refermé le clavier.

– Non.

– Donc tu n'es pas infecté, sinon ça t'aurait boosté les anticorps. Je t'ai nettoyé le carburateur de la débroussailleuse et affûté les lames, a-t-elle conclu en se levant. J'ai bien mérité ma sieste.

Je l'ai regardée se diriger vers le jardin d'hiver. Quand s'est dissipé le trouble de cette séance de piano, j'ai chaussé les bottes en caoutchouc de mon parrain et je suis allé attaquer la forêt.

Le temps a pris un rythme étrange. À la fois dilaté, répétitif et suspendu. Le matin, dans la bibliothèque de Charles, j'assimile en ordre dispersé les écrits qui l'ont conduit à mettre au point sa thérapie. De jour en jour s'accroît la sensation d'être confiné dans l'infini. L'infini du savoir, des lois de la nature et de la physique sans cesse amendées, étendues. L'infini de la bêtise, des peurs et des magouilles qui, perpétuellement, en freinent l'expansion. L'infini des grandes intuitions et des bonnes volontés qui tentent de contrecarrer la censure.

Au déjeuner, je rapporte à ma coach mes découvertes, mes questionnements, les incompréhensions techniques auxquelles elle répond, dans la limite de mes capacités d'assimilation. Et l'après-midi, je défriche. J'ouvre des allées dans les broussailles, à la recherche du prototype oublié. Je tronçonne, je débite, je fauche, je tonds, je rétablis l'ordre ancien des sentiers, des bosquets et des clairières que mon père entretenait. Aucune trace de cachette, jusqu'à présent, mais mon paysage intérieur se restaure à mesure que je reconstitue l'environnement de mes années de bonheur. La chasse au trésor demeure un enjeu, mais qui commence à se suffire à lui-même.

Au fil des pages et des avancées du printemps, j'observe la nature comme j'interroge les livres. J'absorbe et je laisse infuser. J'essaie de mettre mes neurones et mes pas dans les traces du savant méconnu qui m'avait choisi pour filleul, de réactiver en moi l'intelligence d'un mort tout en lui rendant le décor où elle s'était exercée. Migraines et courbatures vont de pair.

Pléiade, elle, ne fait rien. Je la vois de loin en loin entrer dans la bibliothèque pour demander où j'en suis, passer dans les chemins que je débroussaille pour inaugurer un tronçon, présenter mes excuses aux ronciers massacrés, éponger ma sueur avec un rouleau de Sopalin. Ses tenues légères à contre-jour, ses décolletés mouvants me déconcentrent un moment, et puis je me remets à la tâche en convertissant l'énergie du désir avec laquelle elle joue pour stimuler mes recherches.

De temps en temps, c'est moi qui vais voir où elle en est. Elle passe le plus clair de nos jours sur l'établi en chêne dans le jardin d'hiver. Au milieu des orangers morts, assise dans la posture du lotus en état de catalepsie apparente, paupières closes et paumes ouvertes vers le ciel, elle s'alimente, comme elle me l'a dit, en émotions fournies par l'inconscient collectif de sa planète préférée. À mes demandes de détails, elle se contente de répondre :

– Je suis une hybride rechargeable.

La première fois que je l'ai surprise dans cette position, en culotte et soutien-gorge, parfaite synthèse de la pin-up et du bouddha, je n'ai pu m'empêcher de la toucher. La peau avait une certaine souplesse, mais elle était froide, totalement froide. Une sensibilité artificielle. Un produit de beauté sorti d'une imprimante 3D. Un robot charnel dupliquant une image téléchargée de mon cerveau.

Ma main glisse le long de ses épaules jusqu'au galbe du sein. Et, tout à coup, je sens sa peau qui se réchauffe sous mes doigts, telle une plaque à induction. Je retire ma main.

– Il ne faut pas interrompre ma charge, me reproche-t-elle gentiment comme on sermonne un gamin.

Je présente mes excuses, détourne les yeux, demande :

– Et sur quoi tu te recharges, concrètement ?

– Le dévouement épuisé des soignants, la solidarité des voisins, les bénévoles qui pullulent, les séparations qui font mesurer l'amour, les nostalgies du monde d'avant qui resserrent les liens à distance, les familles qui applaudissent aux balcons à 20 heures le personnel hospitalier, les célibataires qui improvisent par la fenêtre des concerts en solo finissant par former des orchestres, d'une rue à l'autre…

Elle s'étire, poursuit avec une grimace de détente :

– Y a des saletés dans le carburateur, aussi, bien sûr… Les gouvernants qui se délectent du confinement reconduit, les jubilations perverses de la dictature à visage humain, les vieux qu'on euthanasie pour libérer des lits, les familles trop nombreuses qui se font verbaliser pendant les enterrements, les copropriétaires qui collent sur la porte des infirmières une invitation à aller vivre ailleurs pour ne pas contaminer l'immeuble…

Elle saute sur ses pieds, légère, remet sa robe en soutenant mon regard.

– Un jour, peut-être, si tu développes ton potentiel comme je t'en donne les moyens, je n'aurai plus à me brancher sur les autres. C'est toi qui seras mon seul chargeur.

Je sentais que c'était de la pure courtoisie, et je lui ai rendu la politesse en feignant de la croire.

*

À la tombée du jour, on se retrouvait dans la Jaguar où l'autoradio des années 60 nous donnait des nouvelles du monde. Depuis que mon portable avait rendu l'âme, c'était notre seul lien avec l'actualité. Un lien homéopathique destiné à renforcer mon système immunitaire, disait-elle.

Les journalistes nous faisaient le compte des morts et des pertes boursières, commentaient la saturation des hôpitaux et le manque de masques, les maisons de retraite transformées en mouroirs sous cloche, l'analyse d'un imam de Genève concluant qu'Allah avait créé le virus pour punir les humains d'avoir trop forniqué, les joggeurs interceptés à cheval dans les quartiers bourgeois, les policiers réprimés à coups de barre de fer par les non-confinistes dans les banlieues sensibles – puis nous allions dîner. Cinq minutes suffisaient pour maintenir un taux de compassion minimum sans épuiser la batterie de la Jaguar. Il ne fallait pas, disait-elle, que la richesse des connaissances acquises et la récupération de ma condition physique me fassent oublier le drame planétaire auquel je devais remédier. Mais il ne fallait pas non plus que l'atmosphère délétère entretenue par les médias bride mon élan, ma confiance dans le rôle écrasant qui m'était imparti.

– La souffrance d'autrui est ta pression intérieure, me répétait-elle, ton état d'urgence ; elle n'est pas là pour te ralentir.

De ce côté-là, je sais que je ne risque plus grand-chose. Rien ne me ralentira, rien ne me figera plus jamais – ni la lourdeur du quotidien des autres, ni les blessures de mon passé. Dans l'univers parallèle où je m'enracine au fil des semaines, Audrey a cessé d'être morte. Du moins, elle s'est réincarnée en elle-même, par le biais de mon amour qui l'a gardée sous vide. J'ai pris mes marques, mon rythme de travail, de plaisir et de repos dans un présent débarrassé des nostalgies et des aigreurs qui justifiaient mon inertie. Parfois, j'ai du mal à y croire, tellement ce que je vis semble réel. Je me dis que c'est trop beau pour être possible. Mais j'ai fini par me faire une raison : les lois du monde extérieur s'arrêtent au mur d'enceinte.

*

Et puis, un après-midi, j'ai trouvé. À l'embranchement de deux allées, sous la voûte des prunelliers dont j'avais remis au jour le tracé, j'évacuais les orties lorsque mon râteau a raclé sur une dalle recouverte d'humus. Quelques secondes plus tard, Pléiade était là, dans sa robe d'été déchirée par les ronces, et me contemplait avec une fierté mutine. Elle m'a tendu un pied-de-biche.

J'ai soulevé la dalle en ciment, semblable à celles jalonnant les vieux conduits de drainage autour du château. À l'intérieur de la cavité maçonnée, sous un monceau de feuilles craquantes, il y avait une couverture kaki enveloppant un appareil jaune protégé par dix couches de plastique bulle.

– Eh bien voilà, a-t-elle commenté avec un brin

de tristesse. Tu n'as plus qu'à en comprendre le mode d'emploi.

Je ne suis pas sorti durant plusieurs jours, penché sur le générateur que j'avais démonté après avoir dessiné la forme et l'emplacement de chaque pièce. Il ne possédait pas de cordon d'alimentation, et il m'a fallu un temps fou pour gratter les connecteurs rouillés avant de pouvoir les raccorder, tant bien que mal, aux piles plates d'un modèle antique que ma ravisseuse avait apportées dans ses provisions du premier jour.

Bricolé avec des éléments de récupération, l'appareil, dont le design hésitait entre le compresseur de gonflage et la télé portable des années 80, était équipé d'un casque à coussinets moisis. Sur l'écran bombé apparaissaient, quand on tournait la molette centrale, des centaines de séquences ADN couplées à des notes de musique. Reprenant un par un dans la bibliothèque les ouvrages de médecine, de biologie moléculaire et de génétique appliquée, j'étais parvenu à identifier la plupart des pathologies associées à une mélodie curative. Le générateur semblait conçu pour traiter toutes les infections bactériennes et virales – sauf les coronavirus apparus après le décès de Charles.

Comme je m'étais copieusement égratigné dans les ronces et les églantiers, je me suis diffusé les cinq minutes de musique inhibant les neurotoxines de *Clostridium tetani*, la bactérie du tétanos. Chaque note me vrillait le cerveau et l'estomac.

– Quand on n'a rien, il vaut mieux écouter le chant des oiseaux, m'a glissé ma conseillère technique.

Restait à dégripper le système d'enregistrement. Quand j'y suis parvenu, je lui ai demandé de me rejouer au piano le sérum sonore correspondant à l'élimination du Covid-19.

– Voilà, a-t-elle soupiré, tandis que l'écho de la dernière note s'achevait dans la tour. Tu n'as plus qu'à déposer le brevet et en faire don à l'humanité. Évidemment, il faudra actualiser le système d'écoute, pour que les gens puissent télécharger les fréquences… Il sera même possible de les diffuser par les antennes-relais pour soigner tout un quartier.

– Mais tu disais que la 5G amplifie la charge virale…

– Pas si tu crées une inversion de phase du signal.

Je la regardais, plus remué encore par sa confiance en moi que par les perspectives qu'elle ouvrait.

– On va fêter ça, a-t-elle murmuré en se levant.

Il y avait une grande mélancolie sur son visage quand elle a rangé le tabouret sous le clavier. Comme si nous arrivions au terme du confinement nécessaire à la mission qu'elle m'avait assignée. Elle est descendue à la cave, en a remonté une bouteille blanche de poussière.

– Charles te la gardait pour tes dix-huit ans, a-t-elle dit en me la tendant.

Avec une émotion rétrospective, j'ai gratté le salpêtre qui masquait l'étiquette. Le gevrey-chambertin avait été vinifié l'année de ma naissance.

Les jours semblaient passer plus vite, à mesure que nos provisions diminuaient et que nos liens gagnaient en profondeur. Maintenant que c'en était fini des travaux scientifiques et forestiers, je m'adonnais avec bonheur à une concentration purement littéraire pour rédiger notre histoire, rapporter ses paroles, tenter de combler les vides liés à son origine, expliquer au monde sa démarche et ses espoirs.

Si désormais nous mangions essentiellement des légumes en bocaux et des sachets de quinoa chauffés au bain-marie, nos nuits étaient d'une variété infinie. Depuis que je la faisais parler par écrit et que j'essayais de me représenter son existence, en dehors de son apparence terrestre, elle ne se contentait plus de recopier les brouillons amoureux d'Audrey. L'érotisme entre nous était devenu le contraire d'un copié-collé. C'était une énergie libre qui traversait son corps d'emprunt pour électriser mon âme. C'était une harmonie tantôt volcanique, tantôt étale, longuement intellectualisée ou joyeusement lubrique. Mais toutes les attitudes, les positions, les jeux, les variantes émotionnelles ne relevaient que de moi ; elle me renvoyait les fantasmes inédits qu'elle m'inspirait sans jamais m'inviter dans les siens.

– Je me suis programmée pour toi, mon ange, me rappelait-elle quand je l'invitais à prendre le pouvoir. Contente-toi d'aimer, c'est tout ce dont j'ai besoin.

Elle s'offrait comme un rêve incarné, un logiciel de plaisir qui me comblait en me laissant sur ma faim. C'était le but. Ça faisait partie du coaching. Il fallait que je retrouve la force vitale, l'estime de soi, le sens de l'enjeu, l'envie et les moyens de changer le monde. Faire l'amour avec cette entité biologique inconnue, c'était renouer avec moi, avec ce jeune idéaliste qui avait pris la vie pour un roman de Chateaubriand et qui s'était laissé broyer par les drames, les désillusions, l'injustice et l'orgueil maso.

Elle ne jouissait que de mon plaisir – c'était tout ce qui me restait en termes de frustration, et ça demeurait tout à fait supportable.

Et puis, à mesure que nos étreintes s'éloignaient de leur modèle, l'addiction a perdu de sa puissance. Plus que les attraits sexuels livrés à mes ardeurs, c'est la disposition d'esprit que je me suis mis à aimer chez ma Pléiade. Ce corps d'Audrey si longtemps caressé en solo ou en double aveugle n'était plus à mes yeux que le produit d'une intention. À présent je croyais, dur comme chair, en cette intelligence non humaine qui avait revêtu les traits d'un premier amour pour réveiller mon cœur, mon corps et mon mental. Son écorce de femme ne me suffisait plus. J'avais épuisé les joies du fantasme accompli et de l'hommage rendu : je voulais découvrir pour de bon l'entité dissimulée sous l'icône.

Alors, elle s'est mise à dépérir. Sa peau s'est marquée, ses traits sont devenus moins nets, son corps a perdu sa souplesse, sa fermeté, sa ressemblance. Elle n'arrivait plus à *se maintenir.* Elle passait de plus en plus de temps sur l'établi du jardin d'hiver, à se réaccorder aux énergies de la Terre pour demeurer celle qu'elle me donnait à voir. Je ne remplissais plus mon rôle de *chargeur*.

Un soir, à l'heure du journal de France Inter, elle n'est pas venue dans la Jaguar. Je l'ai trouvée sous la couette bleue. Elle avait grillé l'étape du dîner devant la cheminée, comme si ses repères temporels la quittaient en même temps que sa jeunesse insolente.

– Pléiade… ça va ?

– Appelle-moi Audrey…, a-t-elle murmuré d'une voix épuisée.

– Qu'est-ce qui t'arrive ?

– Tu ne m'aimes plus assez.

– Au contraire… Je ne m'arrête plus à l'apparence extérieure.

– Tu as tort : tu es en train de me perdre.

– Comment ça ?

– Si tu ne m'enfermes plus dans une image qui te tienne au cœur, je ne serai plus perceptible.

– Mais je voudrais te connaître en vrai…

– Il n'y a rien à connaître. Je ne suis qu'une onde porteuse, je t'ai dit ; si je n'ai plus rien à porter, je deviendrai inaccessible pour toi… Et je n'ai pas encore fini mon rôle.

Sa voix s'est détimbrée, lézardée. Elle n'avait

plus de nuances, de modulations. Elle devenait métallique comme un son de synthèse, tandis que ses traits, ses contours étaient de plus en plus mouvants.

– Audrey… reste !

– Non, tu ne la tiens plus… Tu as fait le tour, tu n'as plus envie d'elle… C'est irréversible.

– Qu'est-ce que je peux faire ?

– Arrête de me regarder : c'est ton regard qui m'efface. Allonge-toi, ferme les yeux… Retourne en arrière. Fais remonter de ton cœur un autre visage, une autre blessure, un autre manque…

La phrase s'est finie dans un souffle que mes poumons ont accueilli, lentement, profondément, laissant ses mots faire leur œuvre, trouver leur écho. Des morceaux de vie décousus se télescopaient dans ma tête. Tant d'émotions refoulées, diluées, oubliées… Tant d'élans sans lendemain, de rêves éphémères… Quelle personne avais-je aimée suffisamment pour la lui substituer ? Amandine ? Elle n'en était que le succédané, la pâle copie que j'avais gâchée en ne voulant voir en elle que ses points de ressemblance. Mais le moment était venu sans doute d'inverser la surimpression. Derrière mes paupières closes, les cheveux blonds d'Audrey raccourcissaient jusqu'à n'être plus que ce raide carré où s'échouaient naguère mes caresses, tandis que ma mémoire olfactive essayait de reconstituer cette odeur naturelle contre laquelle j'avais tant lutté, offrant sans relâche à mon épouse des parfums me rappelant la vanille musquée d'Audrey – ce Kashaya de Kenzo retiré du marché au début des années 2000. Autant de fragrances qui toujours viraient sur Amandine, au profit des effluves d'œillet que diffusait sa peau.

L'image ne tenait pas. J'ai essayé ma mère, mon père et mon parrain, mais leur dernière vision dans un bain de sang prenait le pas sur la tendresse, l'estime, les connivences heureuses dont je portais toujours le deuil.

– Insiste… Donne-moi quelqu'un d'autre…

La créature d'outre-Terre s'accrochait à moi sans parvenir à retrouver une densité physique. J'ai entrouvert les yeux. Dans la pénombre du crépuscule, je ne distinguais plus qu'un nuage informe. Son souffle exténué continuait d'enchaîner les phrases comme le sang coule d'une plaie avant de coaguler.

– Je ne meurs pas que de toi, Lucas, mais de l'état du monde. Votre monde que vous n'avez pas su défendre... Je vous ai donné une chance inouïe avec ce virus, et qu'en avez-vous fait ? Ce n'est pas l'énergie vitale, l'union, l'amour qui ont gagné... C'est la peur, la soumission, les clivages. Regardez-vous. Les spéculateurs qui s'enrichissent sur l'arrêt de vos activités, les plateformes de délation mises en place pour inciter à moucharder son voisin quand il viole les mesures de distanciation sociale... À dénoncer les gamins qui jouent au foot, les entreprises où les gestes barrières ne sont pas respectés, les réunions familiales clandestines, les visites prohibées à des vieux, les amours adultères non prévues dans le cadre des attestations de déplacement dérogatoires...

Mon cri du cœur a tenté de lui redonner corps :

– Mais c'est provisoire, tout ça !

– Tu y crois ? a-t-elle répondu, de plus en plus faible. L'hégémonie planétaire que vos Hitler et vos Staline ont ratée, seule votre Organisation mondiale de la santé est à même de la réussir... Regarde : votre président vient de prolonger votre détention à domicile en vous répétant que c'est le seul remède qui marche, dans l'attente du vaccin. Un vaccin obligatoire, fatalement inadapté aux prochains virus, mais qui servira à vous inoculer une nanopuce que la circulation sanguine acheminera jusqu'au cerveau… Afin de vous rendre définitivement traçables, évidemment, mais aussi de conditionner vos humeurs, d'influencer vos comportements, d'étouffer vos colères comme votre spiritualité, de vous éliminer à la demande… Le voilà, l'avenir que vous vous serez laissé imposer. Traités comme du bétail, aveuglés par la peur et le besoin d'être protégés, quitte à renier vos libertés – alors que mon scénario était destiné à faire tomber les masques, à identifier et neutraliser vos manipulateurs…

Sa voix s'amenuisait encore, son corps oscillait entre la chair instable et l'hologramme. Elle a dit dans un murmure :

– L'amour ne peut plus gagner sur cette planète…

– Reste… Je te prouverai le contraire.

Sa main, sous ma pression, a repris un peu de présence.

– Mais qui sommes-nous, mon ange ? Deux sans-abri luttant contre la loi du nombre. Tu t'es retiré d'une société qui te faisait honte, moi je me suis désolidarisée des miens, les squatteurs de l'espace qui attendent votre disparition pour récupérer la Terre… Et regarde où nous en sommes. Les seuls qui profiteront de la guerre que vous avez déclarée à mon virus, Lucas, sont les voleurs de liberté. Et votre connard de Corée du Nord, qui a tiré ses missiles pour fêter le confinement du monde libre… ce sera votre dernier feu d'artifice.

J'ai senti sa main qui fondait dans la mienne.

– Attends… Fais-nous confiance encore. Fais-*moi* confiance.

– La confiance en toi, si tu sais la travailler… c'est ce qui te restera de moi.

– Ne pars pas, Pléiade…

– Ferme les yeux, je t'ai dit. Si tu veux me garder… remplace Audrey par quelqu'un qui t'a vraiment aimé.

J'ai détourné la tête, paupières closes. Je me suis concentré pour que vienne en moi l'image appropriée. Et c'est la dernière fois que j'ai entendu sa voix.

*

Quand je me suis réveillé, il faisait nuit. Un souffle rauque, une odeur fauve m'ont fait tourner la tête. Au clair de lune, à la place de ma passion de jeunesse, il y avait Rafale, la chienne de ma belle-mère. Immobile sur le flanc, elle me regardait avec la vigilance inquiète de nos dernières semaines sous le même toit, ces moments où, tandis qu'Amandine comme Solange vaquaient à leurs occupations, elle était seule à me sentir sombrer et, tout son amour aux aguets, tentait de me distraire en m'apportant ses jouets. Rafale qui, lorsque j'avais fui le domicile conjugal avec la ferme résolution d'aller me tuer ailleurs, avait développé une tumeur qui l'avait emportée au bout de quinze jours – en l'apprenant, j'avais décroché la corde qui attendait mon bon vouloir dans le studio de Clichy.

Si ma Pléiade en fin d'incarnation avait pu reprendre forme sous ses traits, c'est que la vieille malinoise était la source d'énergie la plus forte qu'avait stockée mon cœur. J'ai murmuré :

– Tu vois que l'amour peut encore gagner…

Elle couinait doucement sous ma main qui caressait son crâne. Les yeux dans ses yeux, j'ai vu des dizaines de chiens comme elle qui reniflaient des malades entourés d'uniformes et de blouses blanches. La vision s'est dissipée au son d'un accord de piano – la mélodie antivirale… Et la pénombre lunaire est devenue soudain une intense lueur blanche. Alors j'ai vu la chienne se volatiliser, tandis qu'un souffle et des bips réguliers envahissaient la pièce.

Je me suis dit que je n'avais pas tenu mes promesses. Par manque de nourriture terrestre, ma philovore se mourait d'inanition, et un vaisseau spatial venait la rapatrier d'urgence.

Quand la lueur a perdu de son intensité, des taches de couleur ont commencé à se former sur le fond blanc. Le visage d'Audrey. De moins en moins flou, à mesure que je clignais des paupières. J'avais réussi. J'étais parvenu à ramener l'exilée des étoiles. En me concentrant sur l'élan d'amour transmis par la chienne, j'avais redonné corps à sa première apparence.

– Il a ouvert les yeux !

Mais ce n'était pas sa voix. Ni ses cheveux. Et je n'étais plus à La Sauvetière.

– Lucas, tu m'entends ? Fais-moi un signe… Tu peux parler ? Mademoiselle, appelez l'interne, vite !

J'ai tourné la tête, difficilement. Il faisait jour, j'étais dans un lit d'hôpital, entouré d'appareils dont le souffle et les bips me reliaient à la nuit précédente. Le visage aux cheveux courts penché sur moi avait vieilli de vingt ans.

– Amandine ?

– Oui, génial, tu me reconnais ! J'ai eu tellement peur…

L'enthousiasme inquiet, précis, généreux qui m'avait tant plu, les premières semaines, avant que sa pesanteur ne l'éloigne de la ressemblance pour laquelle j'avais flashé sur elle, en salle des profs, à la rentrée 2009.

– Tu te sens comment, Lucas ?

– Ça va. Qu'est-ce… qu'est-ce qui m'est arrivé ?

– Un accident, c'est rien, une voiture qui t'a percuté. Tu n'as rien de cassé, juste un traumatisme crânien, un hématome qui est en train de se résorber, on le voit sur l'IRM.

Les informations sans prise se bousculaient dans un brouillard saturé d'émotions.

– Tu as fait un coma léger, stade 2. Les réactions aux stimuli douloureux sont restées bonnes sur toute la période, il n'y aura sûrement pas de séquelles…

J'ai bredouillé, la voix pâteuse, tandis que mes souvenirs reprenaient vie dans ma tête. La collision, Audrey, le château, l'amour dans la bibliothèque, le boulanger de Buire, le peuplier, le générateur…

– Parle plus fort, Lucas, si tu peux.

– J'étais dans le coma, alors… ? Longtemps ?

– Le temps du confinement. Je vais te dire, avec ce qu'on a vécu, tu n'étais pas plus mal. De quoi tu te souviens, en dernier ?

Tant de questions, de remises en cause se heurtaient dans ma tête que, pour l'heure, j'ai préféré m'en tenir à son point de vue : accident, hôpital, coma.

– Comment… tu as su que j'étais là ?

– C'est moi qui t'ai percuté.

*

Les choses se sont remises en place, peu à peu. Le chariot des examens est arrivé pendant que je lui demandais la marque de sa voiture. Dans le brouhaha des infirmières qui me souhaitaient bon retour parmi elles, j'ai entendu « Peugeot 3008 », et puis j'ai laissé les soignants m'évaluer, comme ils disaient.

Pendant que le jeune interne répondait aux questions d'Amandine avec tout le respect dû à une fille de médecin-colonelle, j'ai fermé les yeux pour retourner d'où je venais. Ce qui me rassurait, plus encore que les bonnes nouvelles sur l'état de mon cerveau, c'était la précision des souvenirs que je gardais. Je les passais en revue, je les interrogeais, je les remettais dans l'ordre comme on classe des photos de vacances, obstinément, pour reculer le moment d'affronter la rentrée.

Toute la chronologie s'était reformée, depuis la collision avenue de La Motte-Picquet jusqu'à mon réveil au service neurovasculaire de la Pitié-Salpêtrière. Et, bien avant, l'enchaînement de circonstances qui avait provoqué ces retrouvailles. Amandine avait découvert, au mois de janvier, que je vivais dans la rue. C'est mon ancienne belle-mère qui, en se rendant à une réunion à l'École militaire, m'avait reconnu sur ma grille d'aération.

– Je la préviens que tu t'es réveillé, elle va être si contente ! Elle est venue te voir quatre fois. Elle t'a même lu les premiers chapitres du livre qu'elle écrit, elle m'a juré que tu entendais tout, dans ton coma, que tu souriais... Limite, que tu acquiesçais. Elle avait l'impression de passer devant toi un oral de français... Ça nous a beaucoup rapprochées, cette épreuve.

Atterré, je la regardais pianoter sur son portable.

– Tu vois, on a respecté ton choix – enfin, ton secret. Ta dignité. Quand je t'ai mis un message pour ton anniversaire, tu te souviens ? en te disant que j'étais là si tu avais besoin de quoi que ce soit… Tu m'as répondu que tu avais déménagé en Haute-Corse où tu donnais des cours particuliers – je me suis réjouie pour toi, je n'allais pas te… Ah ! maman m'a répondu. Elle t'embrasse, avec un pouce levé et trois cœurs. Tu vois, tu pensais qu'elle avait une dent contre toi, à cause du divorce. Mais non, tu restes son préféré. Pas toujours simple à vivre pour Jean-Jacques.

Elle a rangé son portable, poursuivi sur le même ton en triturant un bouton du chemisier bleu ciel que je lui avais offert pour notre dernier Noël :

– Une ou deux fois par semaine, en allant au lycée, je faisais un crochet par La Motte-Picquet pour voir, de loin, si tu allais bien. Je m'étais renseignée discrètement auprès des commerçants, genre assistante sociale. Ils m'avaient assuré que tu étais parfaitement intégré dans le quartier et que tu ne manquais de rien – surtout le bouquiniste du Village suisse. Et puis, le 17 mars, je suis venue voir si quelque chose était prévu pour toi, par rapport au confinement. C'est là que tu as traversé d'un coup sous mes roues.

Je la regardais, avec son beau visage alourdi de fatigue et ses rides précoces. Je la regardais me donner sa version de l'accident. Je faisais mine d'acquiescer, mais je gardais la mienne. Tout ce que j'avais construit dans ma tête à partir de mes souvenirs fantasmés et, semble-t-il, de ce que j'entendais autour de moi dans le coma. Le calvaire des soignants, les théories sur l'origine du virus, l'évolution de la pandémie – sans compter les obsessions de ma belle-mère.

– Il parle de quoi, son livre ? ai-je demandé par acquit de conscience.

– Ce sont ses Mémoires, a-t-elle répondu avec un soupir de résignation crispée. *L'Armée et les Extraterrestres : guerre ou alliance ?*

*

Le kiné est venu me lever, me faire marcher dans le couloir. En me ramenant, il a dit à Amandine que pour lui c'était bon. Le chef de service a confirmé. Elle a sorti un survêtement PSG du sac de voyage qu'elle avait posé sur le fauteuil.

– Désolée de te presser, Lucas, mais tu es sortant. C'est eux qui ont besoin de lits, maintenant, en neurovascu, avec tous les salauds qui ont tabassé leur femme pendant le confinement. Le Samu a découpé ton jean pour soigner les blessures, je pense que ça t'ira.

Je suis passé dans la salle de bains, j'ai pris une douche, puis enfilé le survêt rouge et bleu dans lequel je flottais. Mon remplaçant faisait deux tailles de plus. J'ai dit :

– Tu remercieras Jean-Jacques.

– Il l'a oublié en partant.

– Vous n'êtes plus ensemble ?

– Disons que c'est bien qu'on fasse un break. Tu sais, confinés l'un sur l'autre, y a rien de tel comme tue-l'amour.

Je me suis abstenu de la détromper. J'avais hâte de me retrouver seul pour retourner en pensée dans ce qui serait désormais ma vraie vie, ma vie de rechange : le rêve de ce confinement amoureux au château de Buire. Mon retour aux sources. Le cadeau de mon coma.

– Tu peux me déposer à La Motte-Picquet ?

– Attends, tu ne vas pas... Lucas, écoute. Le

temps de te remettre, au moins, viens à la maison. Il y a une chambre d'ami…

– Et ta mère au-dessus – non merci. Je ne suis plus un homme d'intérieur.

Elle a insisté poliment, trente secondes. J'évitais de me projeter dans la villa bétonnée de Vincennes, où j'avais passé les pires années de ma vie à faire semblant d'être heureux en famille, assumant de bon cœur l'autorité invasive de la belle-mère, le devoir conjugal et les formalités de la fécondation in vitro, pour ne pas leur refuser ce rêve de bébé qui était parti avec l'eau du bain, quand l'Éducation nationale m'avait évacué dans le tout-à-l'égout. La chambre d'enfant aménagée pour rien à la place de mon ancien bureau, c'était sans doute ce qu'elle appelait aujourd'hui la « chambre d'ami ».

– Comme tu voudras, Lucas. C'était de bon cœur. Et puis, ce que tu faisais en Haute-Corse… le soutien scolaire… tu aurais pu le continuer à Vincennes.

Sa tentative d'humour s'est abîmée dans mon regard inexpressif. Comme quoi, être la fille d'une psychiatre de l'Armée de l'air n'empêche pas les gros sabots ni les semelles de plomb.

– Dis, au moment de ton admission, je me suis

permis de fouiller, je n'ai pas trouvé ta carte de Sécu.

Je me suis traîné jusqu'au placard, j'ai inspecté les six poches zippées de ma parka où je répartissais prudemment ce que je réunissais jadis dans un portefeuille. En effet, on avait dû me piquer la carte Vitale – de toute façon, elle n'était plus à jour. Après une longue pression émue sur le vieux trousseau de clés qui, Dieu merci, était toujours là pour témoigner de mon identité profonde, je lui ai tendu les soixante-treize euros soixante qui constituaient mes économies d'avant-confinement.

– Ça ira, ne t'inquiète pas. Je suis responsable de l'accident : maman a tout fait prendre en charge par le Service de santé des armées.

J'ai remercié. J'étais à deux doigts de la soupçonner d'avoir escamoté la carte en fin de droits pour ménager ma fierté.

– Tu te sens de marcher, ou je demande un fauteuil ?

On est descendus manger un morceau à la cafétéria. À peine assis contre la baie vitrée, je me suis figé. Dans la cour de l'hôpital, des centaines de personnes encadrées par des militaires faisaient la queue, devant une tente, pour se faire renifler par des chiens.

– Dépistage, a commenté Amandine. 30 % d'efficacité en plus par rapport aux tests sérologiques, comme pour les cancers de la vessie. On leur a fait respirer la molécule du virus : ils sentent tout de suite si les gens ont été infectés ou pas, s'ils ont développé ou non des anticorps. Une idée de maman.

J'ai crispé les orteils dans mes chaussures en revoyant les images que m'avait envoyées la malinoise apparue sur mon lit, durant ma dernière nuit à La Sauvetière. Je n'osais pas en tirer de conclusion. Tout ce qui s'était passé dans mon coma serait-il prémonitoire ?

– N'empêche, c'est bon de te retrouver, a dit Amandine, la bouche pleine.

En tournant la spatule en bois dans mon café, j'ai murmuré :

– J'ai été injuste envers toi.

Elle a haussé les épaules avec une moue de côté.

– J'en ai autant à ton service. Mais on oublie, d'accord ? L'épreuve mondiale qu'on vient de subir, ça remet les choses en place. Mange, c'est curieusement bon.

Je la regardais dévorer son éclair au café. Elle me touchait, à nouveau. Sous la couche de sédiments petit-bourgeois, la gourmandise lui rendait cet élan sauvage de nos premières semaines, cet éclat de jubilation qui me rappelait Audrey expédiant ses heures de ménage pour avoir le temps d'aller jouer du piano dans la tour, sa récompense, son objectif sur terre.

– Comment tu vois ta vie, maintenant ? a repris Amandine en essuyant sa bouche.

– Et toi ?

– Eh bien... Le lycée rouvrira en juin ou en septembre, on ne sait toujours pas... – tu m'écoutes ?

– Ça t'ennuierait de m'emmener dans la forêt de Rambouillet ?

Mes mots étaient allés plus vite que mes scrupules, mon instinct de cloisonnement. En un quart de seconde, comme en réponse au droit d'asile qu'elle m'avait spontanément offert, je venais d'inviter mon ex-épouse dans mon autre vie. Dans cet univers parallèle dont je brûlais soudain de vérifier la conformité, la place qu'il occupait ou non au présent, dans la réalité commune. Et, même si plus rien n'existait de mes souvenirs, si le lotissement à golf avait remplacé le château et son parc en friche, je trouverais bien à me réinsérer dans mon pays natal. L'homme des rues redeviendrait un homme des bois. Mon corps engourdi, mon esprit vaseux demandaient à courir ce risque, à tenter cette chance, à saisir cette perche que m'avait tendue mon inconscient.

– Au contraire, a répondu Amandine avec un temps de retard, je suis ravie. Depuis qu'on nous a déconfinés, moi, plus je roule et plus je vois de paysages, mieux je me sens… Et tu as raison, ça te fera du bien, une balade au grand air. Je préviens maman, a-t-elle enchaîné en ressortant son portable. Mais pourquoi la forêt de Rambouillet ? Tu veux…

Elle est redevenue grave soudain, a terminé sa phrase du bout des mots, tout en écrivant son sms :

– Tu veux faire un pèlerinage là où tu es né ?

J'ai abaissé les paupières. Elle ne mesurait pas la justesse de sa tournure. Oui, on peut naître d'un coma. Renaître, en tout cas.

– Quel bonheur de retrouver les embouteillages ! Tu es d'accord ?

Hochement de tête. Elle a parlé pour deux pendant le trajet, racontant les difficultés du confinement entre ses cours à distance, le télétravail de Jean-Jacques en butte à l'hystérie de ses clients HSBC et, trois fois par semaine, les caméras qui venaient recueillir à l'étage les analyses de l'experte en médecine militaire de BFM-TV.

Je compatissais, lèvres closes et regard dans les arbres. On traversait Paris libéré, Paris délivré du vide sanitaire, du silence de l'exode, Paris envahi de masques. Au milieu de ce carnaval de survivants rasant les murs ou savourant le droit de flâner, la Peugeot qui sentait le neuf se conformait aux ordres du GPS, louvoyant entre les beuveries débordant des trottoirs et les innombrables cortèges où dix manifestants autorisés, distants chacun d'un mètre, exigeaient la mise en détention provisoire des ministres qui les avaient confinés.

– En plus, ça y est, maman est repartie au combat. Elle a sa nouvelle cible : la 5G qu'on est en train de déployer en France.

J'ai pivoté d'un coup sur mon siège. Accablée, elle m'a raconté la mobilisation que sa mère avait décrétée, dans l'indifférence générale, sur les chaînes info.

– Elle dit que les rapports scientifiques de l'armée sont unanimes : c'est le pire danger planétaire qui soit, pour les humains comme pour les animaux et les plantes. La fréquence sur laquelle émettent désormais les opérateurs, 3,5 gigahertz, entre en résonance avec l'eau de notre corps : dommages génétiques, cellulaires, cardiaques, neuropsychiatriques... Elle a lu en direct la déclaration de Claire Edwards à la tribune des Nations unies : « La 5G est une guerre contre l'humanité. » Elle va jusqu'à dire que le coronavirus sert de produit masquant. Le coupable idéal pour toutes les pathologies qui vont se développer dans le monde, au profit des opérateurs et des laboratoires pharmaceutiques.

J'ai laissé aller ma nuque contre l'appuie-tête.

Exactement le discours tenu par ma Pléiade. Une preuve de plus, hélas : j'avais absorbé dans le coma tout ce qui se disait autour de moi et je l'avais restitué, adapté, mis en bouche. Retourner à La Sauvetière ne m'apprendrait sans doute rien de plus sur ce que j'y avais rêvé, mais il ne me restait pas d'autre enjeu que ce « pèlerinage », comme disait ma conductrice. De toutes mes forces, je me raccrochais à l'ouverture des grilles envahies de lierre, aux déjeuners de nouilles et de graines dans la cuisine glacée, aux feux de peuplier, aux nuits d'amour, aux jours d'étude, aux heures de débroussailleuse, à la restauration du générateur de sérum sonore... – toutes ces images encore si présentes, bien plus réelles dans ma mémoire récente que ce Paris masqué où des commandos de chiens faisaient la chasse aux porteurs de virus.

Dès la place d'Auteuil, la circulation est devenue fluide. Saturés d'exil campagnard ou de mise au placard dans leur ville interdite, les Parisiens, respirant à pleins poumons leur pollution retrouvée, n'avaient plus aucune envie de fuir le dioxyde des jours heureux. Sur l'autoroute déserte dans le sens province, Amandine répondait machinalement aux klaxons des véhicules d'en face qui fêtaient leur retour à la vie.

J'ai senti une immense fatigue peser soudain sur mes paupières. Un intense besoin de dormir. L'appel du rêve qui, je tentais d'y croire, se reformait à mon approche…

*

J'ai rouvert les yeux en pleine forêt, au niveau des étangs de Hollande, sur cette route que j'avais tant sillonnée en car durant mes deux années au lycée de La Queue-lez-Yvelines. Le printemps avait pris de l'ampleur depuis ma dernière nuit au château. Les allées que j'avais débroussaillées se seraient-elles refermées ? De tout le pouvoir de ma concentration, je me mettais en situation de revenir, non pas vingt-deux ans plus tôt, mais le 17 mars. Jusqu'à présent, hormis le champ visuel si différent qu'offrait le monospace Peugeot par rapport au long pare-brise étroit de la vieille Jaguar, le paysage était raccord. Alors, j'ai demandé à Amandine de quoi écrire. Elle m'a dit d'attraper sa sacoche de cours sur la banquette arrière. Entre son MacBook et les devoirs de maths corrigés à l'encre rouge, j'ai trouvé quelques feuilles vierges, et je me suis mis à rédiger les événements et les émotions qui avaient marqué mon confinement onirique.

Lorsque j'ai relevé les yeux, on arrivait au carrefour des Planières. Je lui ai brusquement ordonné de tourner à droite. Elle a obéi en catastrophe, manquant nous envoyer dans le fossé. Le temps de l'embardée, je me suis demandé si, pour moi, le fait d'arriver mort à La Sauvetière n'était pas le meilleur moyen d'y retrouver mes marques.

– Je vais bousiller mes amortisseurs, a-t-elle ronchonné en rebondissant dans les crevasses du chemin de terre.

Sur la départementale, droit devant, un panneau indiquait Buire à trois kilomètres. Je voulais qu'on passe d'abord par le village, pour vérifier les éléments que mon cerveau avait pu capter à distance. Cette entorse à la chronologie de mon rêve venait de m'apparaître, bizarrement, comme une reprise en main nécessaire pour ancrer dans la réalité l'arrivée devant les vieilles grilles intactes. Si j'avais aspiré dans mon coma toutes ces informations issues des paroles prononcées autour de mon lit, rien n'interdisait non plus l'hypothèse inverse : la sortie de corps. Tant de médecins, mon ex-belle-mère la première, affirment que la conscience voyage en dehors du cerveau quand il fonctionne en service minimum...

Dans la grand-rue pavoisée où les terrasses sauvages colonisaient la chaussée, le seul commerce fermé était la boulangerie. Sur le volet métallique de la porte, on lisait :

Absents jusqu'à nouvel ordre,
pour cause de déconfinement.

Le pluriel autorisait l'espoir aussi bien que le doute. J'aurais pu interroger les voisins, vérifier si Audrey était toujours de ce monde. Mais j'ai pris la fin de non-recevoir du rideau de fer comme un signe, et j'ai indiqué à Amandine le raccourci qui, à gauche de la mairie, serpentait à travers champs jusqu'à la route du château.

– C'est pas un 4×4, m'a-t-elle rappelé d'un ton âpre.

Je n'ai pas répondu. Le monospace bringuebalait au ralenti sur le sentier défoncé par les tracteurs, et la peur commençait à me nouer la gorge. La peur de mettre en péril mes souvenirs si précis en découvrant à leur place un golf, des maisonnettes pompeuses, des familles allongées sur teck autour de la piscine à débordement – la version 3D du dessin d'architecte qui pendouillait naguère sur l'affiche en lambeaux du vieux mur d'enceinte.

Pour l'instant, la colline de La Croix-Mater cachait le domaine, mais dans trois cents mètres, après le pont, je serais fixé.

– Tu n'es jamais revenu, *depuis* ? a risqué Amandine en m'observant du coin de l'œil.

Tout ce que je lui avais raconté de mes jeunes années, c'était le bonheur champêtre brisé par le drame, la DDASS et ma terminale lugubre à l'internat d'Argenteuil. J'étais plus à l'aise dans ses souvenirs à elle. Son enfance, de casernes en jardins d'ambassade dans les pays en guerre où officiait sa mère, était tellement plus palpitante et glauque – sujet inépuisable qui meublait avantageusement mes silences. Je ne lui avais jamais rien confié sur Audrey. Je m'étais contenté de jouir égoïstement de la ressemblance, du fantasme insatiable et secret qui avait fini par refermer la blessure amoureuse.

On arrivait à l'orée du champ de colza quand son portable a sonné. C'était la colonelle en Face Time. Amandine a décroché à la deuxième mesure de jazz, comme prise en faute.

– Maman, je conduis, je te passe Lucas.

J'ai pris de la main gauche ma belle-mère honoraire, en plan serré sur l'écran, un Kleenex dépassant de son col d'uniforme, attendant apparemment le direct dans sa loge de maquillage.

– Lucas, heureuse que vous soyez sur pied. Beaucoup de choses à vous dire.

J'ai répondu allô allô en me plaignant du réseau. Pas question de me déconcentrer à l'instant décisif. Je m'apprêtais à couper discrètement la communication quand son visage a disparu de lui-même – *appel terminé.*

– À gauche, non ?

J'ai haussé un sourcil. Le chemin débouchait sur la départementale, et il y avait dans la voix d'Amandine une sorte de fierté provocatrice. On aurait dit une joueuse qui pense influencer le résultat d'un tirage en prononçant avec certitude le numéro qui va sortir.

– À gauche, oui, bravo.

Un petit frisson d'excitation a parcouru sa poitrine. À mesure qu'on approchait du but, j'avais l'impression bizarre qu'elle rajeunissait, que toutes les tensions, les ridules et les plis d'amertume qui l'avaient éloignée d'Audrey s'estompaient. Elle a croisé mon regard, a demandé :

– Qu'est-ce qu'il y a ?

– Rien. Je trouve que mon absence t'a fait du bien.

Le sourire a rallumé les soleils au coin de ses yeux.

– Tu es très fort, quand même. Ça ne suffit pas que je te pardonne, il faut en plus que je te remercie.

J'ai bredouillé que c'était ma façon de lui dire qu'elle était belle.

– J'avais compris.

Elle a mis son clignotant pour rien à l'approche du carrefour désert. En rétrogradant, la tête tournée vers la gauche où les pins communaux cachaient les chênes de La Sauvetière, elle a glissé :

– C'est différent. Mais bon…

– Différent de quoi ?

– De ce que j'imaginais.

J'ai fait l'impasse sur la remarque, de peur qu'elle déteigne. Aucune envie de connaître sa vision préconçue, de me laisser influencer par l'image qu'elle se faisait des lieux.

La Peugeot allait sortir du virage qui masquait le mur d'enceinte. J'ai croisé machinalement les doigts et j'ai fermé les yeux pour reconstituer le décor où l'accident m'avait projeté.

– C'est là ? Ben dis donc.

Je me suis accordé encore cinq secondes de sursis, vu son ton. Quand la voiture s'est arrêtée, j'ai pris une longue inspiration, puis lentement j'ai soulevé les paupières. Le mur était là. L'enchevêtrement des vieux arbres, les grilles de lierre fermées par mon cadenas, les lettres de *La Sauvetière* enfouies sous les mousses, la publicité du futur lotissement délavée par vingt ans d'abandon…

– Comme c'est bon de te revoir sourire !

Avant que j'aie fini de me tourner vers elle, ses lèvres se sont posées sur les miennes. Elle a reculé aussitôt.

– Pardon. Je ne voulais pas… Enfin, si, mais je n'aurais pas dû.

J'ai dégluti, sans trouver les mots pour démentir ou dédramatiser.

– Ne va pas non plus conclure que c'est parce que tu portes le survêt de Jean-Jacques, m'a-t-elle soufflé avec une espièglerie nouvelle.

Je ne savais pas si c'était l'effet de mon sourire, mais cette fois elle avait pour de bon rajeuni de dix ans. J'ai pris le trousseau dans ma parka, le lui ai tendu. Elle a mordu ses lèvres, plissé les paupières pour montrer combien ce geste la touchait. Elle est descendue de voiture la première, et je l'ai rejointe devant le cadenas. Tout était rigoureusement conforme à notre arrivée ici le 17 mars – je venais de conjuguer Amandine à la première personne du pluriel, avec le sentiment de compenser huit années d'injustice, de transfert, de substitution.

D'emblée, elle a choisi la bonne clé. En la voyant effectuer les mêmes gestes que *l'autre* et rencontrer la même résistance dans la serrure, j'ai refermé ma main sur la sienne dans un mouvement tournant, comme je l'avais fait précédemment. Je n'avais pas l'impression de tuer Audrey une seconde fois, en la remplaçant, mais au contraire de lui redonner sa liberté et, par là même, de rendre à sa doublure involontaire la singularité que je m'étais toujours efforcé d'occulter.

La grille s'est ouverte avec le même grincement, et on est remontés en voiture. Je retrouvais tout : la voûte végétale affaissée sur les ronciers, les ornières de l'allée d'orties, le pavillon de gardien éventré par le vieux chêne, les restes de ma cabane d'enfant dans les branches du cèdre, la béquille du cyprès qui soutenait la tour d'angle...

Elle a dit :

– Vu du ciel, ça faisait moins grand.

J'ai froncé les sourcils. Voilà qu'à son tour elle jouait les Eubéeues. Elle s'est amusée de mon air désarçonné.

– Chaque soir, avant de m'endormir, tout le temps que tu as passé dans le coma, j'allais sur Google Earth. Et je te visualisais dans ce lieu d'enfance où tu disais avoir été si heureux, pour que tu te sentes en sécurité. C'était ma façon de prier pour toi. D'où ma réaction quand tu m'as demandé de te ramener ici.

L'émotion s'éboule dans mon ventre. Est-ce ce rituel empathique, cette concentration sur une image satellite, cette projection mentale qui ont inspiré tout ce que j'ai cru vivre au château avec l'avatar d'Audrey ? Sa main gauche quitte le volant, se pose sur mon genou.

– Tu as des souvenirs ? Je veux dire : tu te rappelles si tu as rêvé d'ici, à l'hôpital ?

Doucement, du fond du cœur, j'ai répondu :

– Je t'en parlerai. Mais d'abord, je veux... revoir.

– Moi aussi.

Elle avait parlé dans un souffle. Elle a coupé le moteur devant le perron avant d'ajouter :

– À force de m'endormir ici avec toi, je me suis construit tout un intérieur...

Les tempes serrées, je l'ai vue ouvrir la porte en chêne clouté, entrer dans le hall les yeux fermés, puis me décrire chaque pièce avant d'y pénétrer. Du piano de la tour à la cuisine en passant par la cheminée du salon et le jardin d'hiver, tout était fidèle au décor où j'avais vécu mon confinement, et tout était conforme à l'inventaire qu'elle en dressait par avance. Lisait-elle dans ma tête, ou m'avait-elle réellement accompagné par la pensée dans mon parcours imaginaire ? Elle détaillait l'état des lieux tel qu'il se présentait aujourd'hui, c'est-à-dire *avant* qu'Audrey et moi ayons nettoyé et aménagé notre espace. Ce qui m'a fait conclure, au bout d'un moment, qu'elle avait dû fouiller jadis mon vieux cartable en cuir gris dans notre dressing de Vincennes – ce cadeau de mon parrain où je conservais les vestiges de mon enfance. Le cahier de recettes de maman, le trousseau de papa, mon couteau suisse, mes romans préférés d'Alexandre Dumas, et quelques photos des goûters d'anniversaire où j'avais eu le château à moi tout seul pour recevoir mes copains. Lorsque ma vie de prof s'était achevée en lynchage médiatique, j'avais tout jeté, hormis les clés, pour divorcer léger. Sa mémoire visuelle m'impressionnait – son implication affective plus encore.

*

Avant d'ouvrir la porte de la bibliothèque, tandis que je l'entends décrire le petit lit à baldaquin Louis XIII, je me concentre de toutes mes forces sur la couette bleue – ultime espoir que mes souvenirs des dernières semaines aient laissé une trace. Le couvre-lit d'époque en velours vert moisi, tel que je l'ai trouvé à mon arrivée, balaye la dernière illusion. Mais je suis moins déçu qu'ému. Le mal que s'est donné Amandine pour meubler mon coma, me transporter ici en rêve, est, je le mesure à présent, une vraie preuve d'amour. La seule que j'aie jamais reçue, peut-être, en dehors de la compassion d'une vieille chienne qui me sentait sombrer en silence.

Je débloque la porte-fenêtre pour aérer les remugles. Que m'a donné Audrey, en fin de compte, sinon du désir, du plaisir, des regrets, des œillères ? Amandine m'a toujours aimé, pardonné, soutenu ; c'est moi qui n'ai pas voulu de son indulgence, de son aide, du partage de ma dégringolade sociale.

Je la vois s'approcher du baldaquin. Avec une attention gênée, elle fixe les corps nus enchevêtrés sous verre dans *Les Passions humaines.* Alors, comme pour effacer toutes ces années conjugales où je l'ai reléguée à son insu au rang d'ersatz, je l'invite à s'asseoir près de moi sur le lit et, sortant de ma poche telle une pièce à conviction le mémo rédigé dans sa Peugeot, je lui raconte ce que j'ai cru vivre ici, durant mon hospitalisation. Ce faisant, bien sûr, je lui avoue mon obsession pour celle qui l'a précédée dans ma vie. Lorsque le récit bascule dans l'explication de texte, elle m'interrompt doucement :

– Tu crois que tu m'apprends quelque chose, Lucas ? Il n'y avait pas que les photos du château dans ton cartable de lycéen… Il y avait celles d'une jeune fille à qui je ressemblais tant que, bon, j'ai compris pourquoi tu m'avais calculée dès le premier regard, en salle des profs. Je ne t'en ai pas voulu. Enfin, pas tout de suite. Mais j'avais l'impression qu'on n'était plus tout seuls, la nuit… Ça ne m'aurait pas dérangée d'avoir une invitée, si tu m'en avais parlé. Ça m'aurait empêchée de me sentir toujours en retrait… De toujours deviner ce qu'il y avait sous tes silences.

– Je suis désolé…

– Je l'étais pour toi, quand j'ai appris ce qui lui était arrivé.

Je bondis.

– Tu l'as su ?

Je la dévisage, le souffle court. Si elle me confirme ce que le boulanger m'a révélé, le 17 mars, ça change tout. Mais le sursaut d'espoir retombe à mesure que sa réponse me laisse entendre que, dans tout le scénario élaboré par mon cerveau en roue libre, mon ex-épouse est, avec sa mère, ma principale source d'inspiration.

– Souvent, tu répétais un prénom dans ton sommeil. Une femme à qui tu parlais comme un môme. Je ne savais pas si elle était d'actualité ou si c'était un souvenir d'avant moi… Pour en avoir le cœur net, j'ai fini par faire une recherche Google en associant « Audrey » et « Buire ». Je suis tombée sur *L'Écho de Rambouillet*. L'article sur la tempête de 99, avec la fille dont tu planquais la photo dans le dressing. Je t'ai tendu deux, trois perches, discrètement, pour savoir si tu étais au courant. Aucune réaction, sinon que tu te fermais à double tour, comme chaque fois que j'essayais de te faire parler de ton enfance. Alors je me suis adaptée. Sans savoir à quoi. Sans savoir si, en acceptant de te partager avec un fantôme, je respectais ton deuil ou bien ton ignorance.

Je soutiens son regard. L'image se brouille et je murmure :

– Amandine… À ma façon, à travers mes obsessions et mes absences… je n'ai jamais cessé de t'aimer…

– Moi j'ai fait avec, et puis j'ai fait sans.

– Et… maintenant ?

Son portable a sonné dans la voiture. Elle est sortie en courant pour prendre l'appel. Je suis resté devant les rayonnages, ballotté entre mes vies d'avant et le décor de ce rêve où chaque détail semblait raccord. J'ai ouvert les portes vitrées, sorti quelques livres pour vérifier les titres, les annotations, les calculs intercalaires. Tout était là. Tout m'attendait. Il ne restait plus qu'à exhumer le prototype dans la forêt. Alors, tout ce que j'avais cru rêver, je n'aurais fait que le prévivre. Y compris, sans doute, les retrouvailles amoureuses avec celle qui, enfin, allait se libérer de l'image de sosie dans laquelle je m'étais complu à la dissoudre.

Le téléphone devant le visage, Amandine faisait les cent pas sur le gravier colonisé par le chiendent.

J'ai descendu les trois marches de la terrasse pour la rejoindre.

– Près du village de Buire, oui. Non, non, c'est dans son jus, avec les meubles et tout… Inoccupé depuis vingt-deux ans. Mais, à l'entendre, c'est comme s'il y avait vécu les dernières semaines… D'accord, je te le passe. C'est maman, a-t-elle glissé inutilement.

Elle m'a tendu l'appareil et s'est dirigée vers les dépendances.

– Bon, Lucas, ne tournons pas autour du pot. Il s'est passé *quoi* dans votre coma ?

Le cœur serré, je regardais Amandine pénétrer dans la grange, entre le tracteur et la herse, tourner avec curiosité autour de la vieille Jaguar méconnaissable dans son linceul de poussière blanche.

– Yo-ho ! je suis là.

– Oui, pardon, Solange.

– Vous vous trouviez ici, alors. Avec *qui* ?

J'ai fixé le large visage de la colonelle Torrès qui occupait deux tiers de l'écran. Dans ses yeux brillait, au-delà de l'intensité péremptoire, une empathie narquoise. J'ai repensé à ce que m'avait dit ma kidnappeuse des Pléiades : tous les « contactés », les « élus » comme moi, sauraient se reconnaître à la sortie du confinement, pour emboîter leurs morceaux de puzzle.

La psy d'état-major a enchaîné, coupant court à tout ce qui pouvait être chez moi pudeur ou réticence :

– Il n'est plus temps de biaiser, mon grand. Les événements récents et les temps qui arrivent impliquent un regroupement immédiat de ceux qui ont été sollicités – je suis claire ? En ce qui me concerne, j'ai chopé le virus en allant vous faire la lecture à la Pitié. Dans mes huit jours sous chloroquine à 40 de fièvre, j'ai vécu un contact extraordinaire, et je sens que vous aussi. Moi, c'était avec Rafale.

Abasourdi, je me suis laissé tomber sur le peuplier déraciné qui était de nouveau d'un seul tenant.

– C'est elle qui m'a indiqué la sortie de crise, poursuivait la colonelle. Dans le délire de ma fièvre, elle m'a fait voir la mobilisation de tous les chiens d'alerte, de médiation, de recherche. Tous ceux qui identifient la drogue, les explosifs, les cancers… Ils se mettaient à renifler la population, pour compenser la pénurie des kits de dépistage. Et elle m'a dit que vous étiez « dans la boucle », je cite. Vous confirmez ?

J'ai hoché la tête, les yeux dans ses yeux qui tremblotaient sur l'écran. Je n'en revenais pas des résonances entre ce que nous avions vécu, elle et moi, durant notre déconnexion du réel. Si la psychiatre en chef de l'Armée de l'air avait entendu parler sa malinoise morte en 2017, si elle avait convaincu l'état-major et le ministère de la Santé d'obéir aux prescriptions d'une chienne défunte, alors tous les espoirs m'étaient permis pour imposer au monde un sérum sonore en traitement du coronavirus.

– Bien sûr, m'a-t-elle rassuré, tout ça est une ruse des Eubéeus, qui savent par quel biais émotionnel nous faire accepter leurs messages. Vous me racontez, Lucas ? Le type de contact que vous avez eu…

– Peut-être pas au téléphone…

– L'heure n'est plus à douter de soi ni des signes, ni à garder la tête dans le sable. Effacez l'ardoise avec Amandine. Vu ? Elle vous aime toujours, malgré votre caractère d'autruche, et j'ai tout mis en œuvre pour que son Jean-Jacques dégage. Quelque chose me dit qu'on a beaucoup de choses à faire ensemble, non ?

L'acuité complice de son regard Face Time m'a fait hocher la tête. Vu l'état de jubilation polissonne qu'elle tentait de juguler par son débit de mitrailleuse, je devinais que, durant les complications virales, son inconscient ne s'était pas contenté de ressusciter une chienne. Pour elle comme pour moi, pour la veuve de guerre comme pour l'ado fossilisé, un amour perdu avait-il servi de canal d'information ? Ses yeux ont regardé au-dessus de moi, sur ma gauche, sur ma droite. Elle a dit :

– J'aime bien, comme endroit : c'est loin de tout, c'est inconstructible et ça ne vaut rien. Depuis des années, je réclame au Service de santé une structure pour accueillir nos témoins et nos victimes de Pans ou d'Eubéeus. Ils se comptent par centaines, vous savez. Ça ferait un excellent centre d'étude et de soutien psychologique, ici ; vous seriez le gardien. Couverture idéale, par rapport à ce qu'on attend de vous.

Les ongles crispés dans l'écorce du peuplier, je lui ai demandé ce qu'elle entendait par là.

– J'ai fait remonter votre fiche. Mon ministère a un dossier sur Charles de Buire – étonnamment vide, si vous voyez ce que je veux dire. Heureusement, le temps des censures et des persécutions est derrière nous : ça va devenir d'une actualité brûlante, la thérapie sonore. Nous en parlerons.

Ébranlé par l'appel du pied qui pointait sous le

ton badin, je lui ai demandé si sa ligne était sécurisée.

– Vous me confirmez, donc. Rafale m'a montré un trou dans la forêt, avec une espèce de générateur à casque. Il avait construit deux prototypes, c'est ça ? Ce n'est pas un hasard si les Eubéeus vous ont ramené ici. Bon, vous me raconterez, j'ai un conseil de Défense sur la 5G. Après avoir séquestré les Français, on va les priver de portable – non, je rigole. Repassez-moi vot' femme.

Sans corriger l'appellation, j'ai abaissé le téléphone et je me suis dirigé vers la grange pour rendre la mère à la fille.

– Et moi, j'attaque la réquisition et l'aménagement du château ! claironnait la voix au bout de mon bras. Mais arrêtez de me ballotter sur fond de gravier, ça me fout la gerbe.

Je l'ai glissée dans ma poche. Le regard sur les bois en friche, j'avais soudain un grand coup de blues, de découragement préventif. En admettant que ce générateur existe en dehors de mon coma, combien de temps mettrais-je à le retrouver, à maîtriser ses applications et ses retombées ? Un ancien SDF et une psychiatre à soldats suffiraient-ils pour contrer la puissance de feu des lobbies pharmaceutiques ?

– Haut les cœurs, et au boulot ! continuait de m'exhorter la médecin-colonelle au fond de ma poche.

Son dynamisme à l'emporte-pièce ne produisait pas l'effet escompté. La perspective de venger les miens en éradiquant le coronavirus grâce à l'invention musicale de mon parrain m'avait grisé quelques instants, mais une nostalgie venait d'en chasser une autre. Maintenant que ma belle-mère m'offrait la possibilité de me replanter dans mon sol natal, voilà qu'une part de moi brûlait d'aller retrouver ses marques sur la grille d'aération de La Motte-Picquet. Aussi beau soit-il, inspiré par tant d'enjeux intimes et collectifs, un rêve peut-il avoir d'autre pouvoir que celui des illusions ? Même si d'aventure j'exhumais le prototype, en déposais le brevet et parvenais à le mettre en production, qui étais-je pour croire qu'en m'attaquant aux maîtres du monde, j'aurais les moyens de sauver la Terre ? Dès que la colonelle serait envoyée au casse-pipe de la retraite, dans un an ou deux, mes protections tomberaient d'elles-mêmes, et rien n'empêcherait les Conseils de l'ordre d'interdire mon sérum sonore pour exercice illégal de la médecine et présomption d'effets secondaires. L'expérience vécue dans mon coma ne me donnait pas plus de crédit que de compétence. Solange Torrès avait beau se persuader du contraire, aucune créature extraterrestre ne m'avait confié de mission : mon inconscient n'avait fait qu'assembler, à partir d'informations captées, de regrets, fantasmes et frustrations, les pièces d'un puzzle qui ne s'emboîteraient pas. Maintenant que j'avais tout passé au crible, aucun indice sérieux, si ce n'est la concordance du décor, ne pouvait raccrocher mon délire comateux à la réalité. Alors, à quoi bon tenter d'y changer quelque chose ? Je me disais que la meilleure façon de ne pas gâcher ses rêves, c'est encore de se rendormir.

– Lucas !

Le cri perçant d'Amandine m'a fait courir jusqu'à la grange. Elle venait d'ouvrir l'arrière de la Jaguar dans une envolée de poussière. Paralysée de stupeur, elle désignait d'un doigt tremblant le tapis de sol. J'ai stoppé ma course devant la portière. Au pied de la banquette en cuir fendu sur laquelle avait débuté mon rêve, le 17 mars, il y avait ma carte Vitale.

DU MÊME AUTEUR

Romans

LES SECONDS DÉPARTS :

VINGT ANS ET DES POUSSIÈRES, 1982, prix Del Duca, Le Seuil et Points-Roman

LES VACANCES DU FANTÔME, 1986, prix Gutenberg du Livre 1987, Le Seuil et Points-Roman

L'ORANGE AMÈRE, 1988, Le Seuil et Points-Roman

UN ALLER SIMPLE, 1994, prix Goncourt, Albin Michel et Le Livre de Poche

HORS DE MOI, 2003, Albin Michel et Le Livre de Poche (adapté au cinéma sous le titre *Sans identité*)

L'ÉVANGILE DE JIMMY, 2004, Albin Michel et Le Livre de Poche

LES TÉMOINS DE LA MARIÉE, 2010, Albin Michel et Le Livre de Poche

DOUBLE IDENTITÉ, 2012, Albin Michel et Le Livre de Poche

LA FEMME DE NOS VIES, 2013, prix des Romancières, prix Messardière du Roman de l'été, prix Océanes, Albin Michel et Le Livre de Poche

JULES, 2015, Albin Michel et Le Livre de Poche

LE RETOUR DE JULES, 2017, Albin Michel et Le Livre de Poche

LA PERSONNE DE CONFIANCE, 2019, Albin Michel

LA RAISON D'AMOUR :

POISSON D'AMOUR, 1984, prix Roger-Nimier, Le Seuil et Points-Roman

UN OBJET EN SOUFFRANCE, 1991, Albin Michel et Le Livre de Poche

CHEYENNE, 1993, Albin Michel et Le Livre de Poche

CORPS ÉTRANGER, 1998, Albin Michel et Le Livre de Poche

LA DEMI-PENSIONNAIRE, 1999, prix Version Femina, Albin Michel et Le Livre de Poche

L'ÉDUCATION D'UNE FÉE, 2000, Albin Michel et Le Livre de Poche

RENCONTRE SOUS X, 2002, Albin Michel et Le Livre de Poche

LE PÈRE ADOPTÉ, 2007, prix Marcel-Pagnol, prix Nice-Baie des Anges, Albin Michel et Le Livre de Poche

LE PRINCIPE DE PAULINE, 2014, Albin Michel et Le Livre de Poche

ON DIRAIT NOUS, 2016, Albin Michel et Le Livre de Poche

LES REGARDS INVISIBLES :

LA VIE INTERDITE, 1997, Grand Prix des lecteurs du Livre de Poche, Albin Michel et Le Livre de Poche

L'APPARITION, 2001, prix Science-Frontières de la vulgarisation scientifique, Albin Michel et Le Livre de Poche

ATTIRANCES, 2005, Albin Michel et Le Livre de Poche

LA NUIT DERNIÈRE AU XVe SIÈCLE, 2008, Albin Michel et Le Livre de Poche

LA MAISON DES LUMIÈRES, 2009, Albin Michel et Le Livre de Poche

LE JOURNAL INTIME D'UN ARBRE, 2011, Michel Lafon et Le Livre de Poche

J'AI PERDU ALBERT, 2018, Albin Michel et Le Livre de Poche

THOMAS DRIMM :

LA FIN DU MONDE TOMBE UN JEUDI, t. 1, 2009, Albin Michel et Le Livre de Poche

LA GUERRE DES ARBRES COMMENCE LE 13, t. 2, 2010, Albin Michel et Le Livre de Poche

LE TEMPS S'ARRÊTE À MIDI CINQ, t. 3, *in* THOMAS DRIMM, L'INTÉGRALE, 2016, Le Livre de Poche

Album jeunesse

ET SI TU ÉTAIS UNE ABEILLE ?, 2018, Michel Lafon

Récit

MADAME ET SES FLICS, 1985, Albin Michel (en collaboration avec Richard Caron)

Essais

CLONER LE CHRIST ?, 2005, Albin Michel et Le Livre de Poche

DICTIONNAIRE DE L'IMPOSSIBLE, 2013, Plon et J'ai Lu

LE NOUVEAU DICTIONNAIRE DE L'IMPOSSIBLE, 2015, Plon et J'ai Lu

AU-DELÀ DE L'IMPOSSIBLE, 2016, Plon et J'ai Lu

LES ÉMOTIONS CACHÉES DES PLANTES, 2018, Plon et J'ai Lu

LA BIENVEILLANCE EST UNE ARME ABSOLUE, 2019, Éditions de l'Observatoire

Beaux-livres

L'ENFANT QUI VENAIT D'UN LIVRE, 2011, Tableaux de Soÿ, dessins de Patrice Serres, Prisma

J.M. WESTON, 2011, illustrations de Julien Roux, Le Cherche-midi

LES ABEILLES ET LA VIE, 2013, prix Véolia du Livre Environnement 2014, photos de Jean-Claude Teyssier, Michel Lafon

Théâtre

L'ASTRONOME, 1983, prix du Théâtre de l'Académie française, Actes Sud-Papiers

LE NÈGRE, 1986, Actes Sud-Papiers

NOCES DE SABLE, 1995, Albin Michel

LE PASSE-MURAILLE, 1996, comédie musicale (d'après la nouvelle de Marcel Aymé, musique de Michel Legrand), Molière 1997 du meilleur spectacle musical, à paraître aux éditions Albin Michel

LE RATTACHEMENT, 2010, Albin Michel

RAPPORT INTIME, 2013, Albin Michel

Composition IGS-CP
Impression CPI Bussière en août 2020
Éditions Albin Michel
22, rue Huyghens, 75014 Paris
www.albin-michel.fr
ISBN : 978-2-226-40048-2
ISSN : 9782-2261
N° d'édition : 22863/02 – N° d'impression : 2053326
Dépôt légal : septembre 2020
Imprimé en France